Ines und Lenni, eine über Jahrzehnte gefestigte Liebe, eine vertrauensvolle Partnerschaft. Sie Dermatologin und er Landarzt, leben sie mit ihrer Tochter, die Cello spielt, im Berliner Umland. Von ihrem Haus aus ist in der Senke der schieferfarbene See zu sehen, kein großer See, ein fehlendes Puzzleteil, wie Ines immer sagt, als fehlte ausgerechnet dort das letzte Puzzleteil der Erde. In ihr Leben, das der beste Freund eindeutig zu kitschig findet, platzt die charismatische Edda hinein. Mit ihrer Idee von absoluter Kunst wird sie für Ines zunehmend zum Faszinosum. Die spricht plötzlich von unerfüllten Jugendträumen und vernachlässigt alles, was ihr einmal wichtig war – ihre Tochter, ihren Beruf, Lenni. Als Edda sie für ein innovatives Theaterprojekt gewinnen will, lässt Ines ihr altes Leben fallen und stiehlt sich einfach davon.

Kann man sich in einem Menschen derart täuschen? War vielleicht von Anfang an nichts so, wie es schien? Welche Wahrheit steckt in dem fehlenden Puzzleteil? Die zarte Hoffnung, dass Lenni auf seine Fragen einmal eine Antwort bekommt, schwindet mit jedem Tag, mit jedem Jahr des Schweigens immer mehr dahin.

In ihrem neuen Roman wirft Ursula Fricker erneut virulente Themen unserer Gegenwart auf. *Fangspiele* lotet die Ambivalenz von Kunst und Selbstaufgabe aus, lässt Gewissheiten zerbröseln, erzählt von manipulativer Macht und der bestürzenden Bereitschaft, ihr zu verfallen.

Ines' Mantel! Er streicht mit der flachen Hand über die Zeitung. Wieder und wieder. Das Foto eines Mantels. Ausgebreitet liegt er auf einem Edelstahltisch. Derber Wollwalk, mittleres Blau. Ein öliger Fleck auf dem Papier, genau dort, wo der Kopf sein müsste. Küstriner Vorland. Auf freiem Feld, liest er, sei eine Frau gefunden worden, erfroren. Keine Hinweise auf Fremdverschulden, die Tote sei noch nicht identifiziert, es werde um Mithilfe der Bevölkerung gebeten, Alter um die fünfzig, sie habe diesen blauen Mantel getragen.

Bis auf die Virologen am Tisch neben der Salatbar und ihm ist noch niemand in der Kantine; um nicht die halbe Mittagspause an der Kasse anstehen zu müssen, kommt er gern früh, früher als die anderen. Unter lautem Palaver drängt soeben die Biomedizin durch die Tür, gleich dahinter folgen die Seltenen Erkrankungen.

Er hat ihr den Mantel zum dreißigsten Geburtstag geschenkt. Jeden Winter hat sie ihn getragen, alle Moden waren an ihm vorübergegangen; wie um die Jahre zu behexen, hat sie ihn getragen und getragen, bis er an manchen Stellen dünn, an anderen schon faserig, bald wirklich nur noch ein Lappen war. Gelegentlich zog sie ihn noch im Garten an – da sieht er sie im Beet stehen; den blauen Mantel offen, säbelt sie verdorrte Stängel ab.

Ines, ruft er, dein Handy, er muss gar nicht sagen, wer dran ist. Sie richtet sich auf, fährt sich mit dem Unterarm über die Stirn, in der einen Hand das alte Brotmesser, in der anderen ein Bündel trockene Stängel. Er sieht ihr Gesicht aufleuchten. So hell, denkt er, hat ihr Gesicht schon lange nicht mehr geleuchtet.

Wie hätte er ahnen können, dass alles bereits in Unordnung war. Wäre sie einfach verliebt gewesen. Eine Verliebtheit, einen Seitensprung hätten sie mit links überstanden. Aber es war viel simpler und zugleich viel komplizierter als das.

Warm ist ihm plötzlich, zu warm, zu eng, er zieht sich den Kittel aus, den Pullunder unter dem Kittel, knöpft das Hemd auf. Quatsch, denkt er, warum sollte diese Frau ausgerechnet Ines sein. Zuhauf solcher Mäntel gibt es vermutlich da draußen, blaue Mäntel mit breitem Kragen und Perlmuttknöpfen. Weil sie es tatsächlich sein könnte, wird ihm erschrocken bewusst, diese unbekannte Tote könnte Ines sein.

Einen Schlussstrich hat er gezogen.

Für Lea und für sich selber.

Neubeginn. Nichts als ein schlechtes Foto von einem alten blauen Mantel braucht es offenbar, und alles kommt wieder hoch. Er trennt die Seite aus der Zeitung heraus, faltet sie, schiebt sie in seine Kitteltasche. Hätte er etwas tun können, hätte er mehr tun können? Was hat er übersehen? Wie ist es gewesen, wirklich gewesen. Von Anfang an. Oder hat alles ohne Anfang angefangen?

Verbirgst du etwa auch etwas vor mir, fragt Ines mit einem schelmischen Seitenblick, das alle unsere gemeinsamen Jahre, schnippt sie mit den Fingern, in nichts auflöst? Kurz nach eins ist es, als sie an der Aral-Tankstelle in Strausberg vorbeikommen, Lea schläft bei Peggy, sie haben Besorgungen in der Stadt gemacht, sind essen und hinterher im Kino gewesen, *45 Years*, vielleicht stöbere sie dann auch mal in seinen alten Kartons und entdecke einen ihr vollkommen fremden Lenni. Mach nur, lacht er. Aber Charlotte Rampling ist einfach toll, sagt sie. Bumm, bumm, bumm. Was ist das? Und so viel Verkehr um die Zeit? Dieses Techno-Festival, sagt er, drüben auf dem Flugplatz, ziemlich groß, glaube ich, er schließt das Fenster. Schon seit Wochen war vor der Praxis ein Stromkasten mit den Plakaten überklebt gewesen.

Gleich nach dem Ortsausgangsschild gibt er Gas, was meinst du, sagt er, was Pablo und Monika wohl machen? Mitte der Neunziger hatten sie zusammen viele Nächte in Techno-Clubs verbracht, die damals wie Pilze aus dem Boden schossen, Praxis Dr Mc Coys, Tresor, Der Eimer, und wie sie alle hießen, wahrscheinlich fällt ihm deswegen Pablo jetzt ein, wegen der Musik, schon damals hat er diese Musik nicht leiden können. Ines auch nicht. Aber sie wollten dabei sein, teilhaben an diesem verheißungsvollen Aufbruch, der wohl jeden in der Stadt erfasst hatte. Die letzten Straßenlaternen bleiben zurück, vor ihnen liegt die Landstraße, die schnurgerade Strecke bis zum Wald, eine Kette entgegenkommender Lichter, er muss sich konzentrieren, mehrere haben nicht abgeblendet. Wir wollten sie doch längst mal besuchen, sagt Ines, wie oft haben wir das jetzt schon verschoben. Ja, ich weiß, sagt er … und sieht das Warnlicht. Hinter dem Wald, schon oben auf der Höhe, steht mitten auf der rechten Spur ein Auto, daneben eine kurze, stämmige Person, ein Mann? Oder eine Frau? Er bremst. Was ist, fragt Ines, du willst doch jetzt hier nicht anhalten? Aber statt den Blinker links zu setzen und wieder Gas zu geben, bleibt sein Fuß auf der Bremse, sachte rollt der Wagen auf dem Grasstreifen aus. Du kannst ja sitzen bleiben, sagt er. Sie steigt trotzdem mit aus. Eben rasen mehrere Autos vorbei, offene Fenster, voll aufgedrehte Stereoanlage, johlende Menschen.

Sie komme gerade aus Polen, sagt die Person, habe sich verfahren, und jetzt auch noch … der Motor sei ausgegangen, einfach so, sie scheint ehrlich entrüstet zu sein über die Unzuverlässigkeit des Motors. Selbst hier sind die Bässe der Musik noch zu hören, oder eher zu spüren, Fichtner und Eppert, stellt er sie beide vor, Edda Pratt, sagt die Frau. Das sei wirklich nett, dass sie angehalten hätten, aber unnötig, sie habe schon den Pannendienst gerufen. Er ist sich nicht sicher, ob man einen solchen Satz arrogant sagen kann, kurz ist ihm so, und gleichzeitig fragt er sich, warum er nicht einfach vorbeigefahren ist. Doch, doch, sagt er, das sei nötig bei dem Verkehr, und vor allem sollten sie den Wagen von der Straße schieben. Okay, sagt Frau Pratt jetzt sehr freundlich, wenn sie ehrlich sei, sei sie doch ganz froh, nicht allein hier warten zu müssen. Irgendwie erleichtert nimmt er ihre Freundlichkeit zur Kenntnis. Sie setzt sich hinters Steuer, löst Handbremse und Gang, Ines und er schieben das kleine Auto hinter ihres. Liegt es am Blinken des Pannenlichts, liegt es an ihrem Kurzhaarschnitt, eine Art Undercut –

jedenfalls fällt ihm plötzlich Tilda Swinton ein, er hat sie vor Jahren einmal auf dem roten Teppich auf der Berlinale gesehen, eine verblüffende Ähnlichkeit, allerdings ganz ohne Tilda Swintons Eleganz und Schönheit.

Sie plaudern noch dies und das, soso, Dermatologin, sagt Frau Pratt, das treffe sich gut, sie habe da einen Ausschlag am Hals. Er wundert sich, dass Ines sich die Stelle ansieht; wenn sie sonst privat um medizinischen Rat gefragt wird, kann sie zuweilen sogar schroff werden, aber vielleicht tut ihr die Frau einfach leid. Bei diesem Licht könne sie leider nicht wirklich was sehen, sagt sie und kramt eine ihrer Visitenkarten aus der Jackentasche, kommen Sie doch einfach zu mir in die Praxis, hier, sie tippt auf die Karte, Marzahn, direkt neben dem UKB, dem großen Krankenhaus. Sobald der Pannendienst mit seinen orange kreiselnden Leuchten am Waldrand auftaucht und sich schnell nähert, verabschieden sie sich.

Jasper sitzt am Mikroskop und telefoniert, doch, sagt er, in der aktuellen Kohorte haben wir eine signifikante … Er selbst klemmt sich hinter den PC. Unter endlose Zahlenkolonnen schreibt er weitere Zahlen, eine ausufernde, eine langweilige Arbeit, normalerweise macht das der Assistent, der aber liegt mit einer Grippe im Bett.

Hätte er doch auf Ines gehört in jener Sommernacht. Wenn er auf Ines gehört hätte, wäre all das nicht passiert. Nein, fahr weiter, hört er sie sagen, ich will nach Hause. Den Bruchteil einer Sekunde nur hat es gebraucht, diese Entscheidung zu treffen, die er den Rest seines Lebens bereuen würde. Wie oft hat er die letzten hundert Meter Strecke vor dieser Stelle in Gedanken schon durchkämmt, jedes Detail ließ er sich durch den Kopf gehen, wie oft schon hatte er nicht angehalten, wenn jemand irgendwo liegen geblieben war, warum, warum denn ausgerechnet in jener Nacht? Bevor er aussteigt, haargenau sieht er die Szene noch vor sich, legt er Ines seinen Handrücken an die Wange, ein kurzer Blick. Sie nimmt seine Hand, zieht sie vor den Mund und drückt einen Kuss auf seine Finger. Ich bin nicht sauer, bedeutet diese Geste, nur müde. Du kannst ja sitzen bleiben, sagt er leise. Oder: Bleib doch sitzen.

Er hebt den Blick. Weit sieht er nicht. Auf die Fassade des Gebäuderiegels auf der anderen Seite des Innenhofes. Die Sicht aufs Wasser ist wichtigeren Disziplinen vorbehalten. Lichter brennen in den Büros, es wird früh dunkel zu dieser Jahreszeit, ihm genau gegenüber liegt das Sekretariat der Virologie; die junge Frau, die seit zwei Wochen dort arbeitet, steht am Kopierer. Lea, warum hat Lea ihm keine Nachricht geschickt, den ganzen Tag noch nicht, er ruft sie an. Am Morgen hatte sie verschlafen, zweimal ist er in der Nacht aufgestanden, weil sie wieder diesen Albtraum hatte. Sie stürze, immer sei es der gleiche Traum, sie fliege, über Land, über die Stadt, und dann gerate sie in diese Stromleitungen, und die Stromleitungen seien eigentlich Saiten, Cellosaiten. Nach dem fünften Klingeln geht sie ran, ob alles in Ordnung sei, ob es noch gereicht habe am Morgen, fragt er. Gerade so, sagt sie. Ich mache heute etwas später Feierabend, schaffst du das allein? Papa! Sie ist sechzehn, fast siebzehn.

Krampfhaft versucht er, den Mantel zu vergessen. Sich auf seine Arbeit zu konzentrieren. Er reibt sich die Stirn, die Augen, streckt sich. Zieht dann die Zeitungsseite heraus. Wie der Mantel daliegt. Auf dem kalt glänzenden Edelstahltisch. Eine der Taschen ist ausgestülpt, rechts ein Riss. Die Ärmel schräg nach unten, die Hände fehlen, der Kopf fehlt, Beine und Füße.

Ines' dreißigster Geburtstag. Ein Sonntag. Er hat Theaterkarten besorgt, *Murx den Europäer!* von Marthaler. Seit Monaten spricht die halbe Stadt von diesem Stück, Pablo und Monika sind hell begeistert aus der Volksbühne gekommen; unbedingt müsse sie den *Murx* nun auch endlich sehen, sagte Ines, unbedingt.

Sie liegen im Bett bis weit in den Vormittag, irgendwann steht er auf, holt Brötchen und Blumen vorne beim Kiosk am Hackeschen Markt und deckt dann den Tisch in der Küche. Durch die undichten Fenster dringt die Stadt herein. Das metallische Schleifen und Schaben einer S-Bahn, die unten auf dem Damm vorüberfährt, das sich schnell entfernende Hämmern eines Hubschraubers, Glockengeläut. Über die Brachen sieht man bis zum Alexanderplatz. Zum Heizen macht er den Backofen an und rückt den Tisch in die Nähe der offenen Klappe. Überall in der Küche verteilt er Teelichter, das Geschenk legt er auf ihren Teller.

Der Kaffee ist durchgelaufen, schön warm ist es mittlerweile in der Küche, Monika und Pablo kommen auf einen Sprung vorbei, Monikas Bauch ist jetzt deutlich zu sehen, wievielter Monat noch mal, fragt er. Ines, schlaftrunken, steht mitten im Raum und sieht versonnen auf eins der zuckend brennenden Teelichter. Nein, auf gar keinen Fall, hatte sie sofort gesagt, als er einmal von Kindern angefangen hat. Sechster erst, lacht Monika.

Endlich nimmt Ines das Geschenk in die Hand.

Soll ich es jetzt auspacken, fragt sie, dreht und wendet das unförmige Paket, drückt ein wenig, weich, sagt sie, sehr weich, ein Kissen? Vorsichtig löst sie das Packpapier, zum Vorschein kommt rotes Seidenpapier, ihre Finger beginnen schneller zu arbeiten, wühlen das Seidenpapier beiseite, und in ihren Händen hält sie den Mantel, sie kann es, er sieht es an ihrem Gesicht, gar nicht fassen, nein, murmelt sie, nein. Wie kindlich sie mit einem Mal wirkt. Wie wild und zart und hell. Über das Nachthemd zieht sie den Mantel gleich an. So schön warm, sagt sie. Und die Farbe erst!

Abends trägt sie den Mantel zusammen mit ihrer alten blauen Bommelmütze. Auf dem Weg zur Volksbühne gehen sie Hand in Hand; als könnte ihr in dieser Umhüllung nichts mehr irgendetwas anhaben, marschiert sie neben ihm her, und nicht einmal im Foyer zieht sie den Mantel aus.

Selten hat er, haben sie zusammen so sehr gelacht im Theater. Ein trauriges Stück. Ein komisches Stück. Die schmutzigen Witzchen und die Lieder. Danke, singen die Schauspieler, für diesen schönen Morgen, danke, für jeden neuen Tag, danke … mit falsettfeinen Stimmen, mit ausdruckslosen Gesichtern singen sie diese Seelenfänger-Hymne, und dann zieht sie den Mantel doch aus. Auf der Bühne an der Wand hängt eine Uhr, stehen geblieben, »Damit die Zeit nicht stehen bleibt«, ist daneben zu lesen, ab und zu fällt ein Buchstabe herunter, übrig bleibt ein Satzwrack, eine entstellte, kuriose Zeile fehlenden Sinns. Wie geheißen stehen die Figuren auf, tun dies, tun das, setzen sich wieder hin. Ab und zu kichert eine hämisch, eine andere stellt der nächsten aus dem Nichts ein Bein.

Als sie wieder auf die Straße treten, nieselt es. Myriaden winzigster Wassertröpfchen funkeln im Blau des Walkstoffes von Ines' neuem Mantel, er legt den Arm um ihre Schulter, mitten auf der Straße gehen sie die Alte Schönhauser hinunter, ich glaube, sagt sie, ich wäre lieber tot als so.

Wie, so?, fragt er.

So tot.

Und am nächsten Tag bricht Ines' Vater, mitten in einer Operation am offenen Herzen, zusammen, Schlaganfall, und stirbt drei Tage später, ohne dass er das Bewusstsein noch einmal erlangt hätte. Er, der Messias der Herzchirurgie, dass ihm so etwas passiere, enttäusche sie maßlos, sagt Ines sarkastisch, während ihr die Tränen die Wangen herunterlaufen, er nimmt sie in den Arm. Sie habe ihren Vater gehasst, sagt sie, weil er, solang sie denken könne, auf ihrer Mutter herumgetrampelt habe, und trotzdem sei Grete bei ihm geblieben, das habe sie nie verstanden. Und sie hasse ihn selbst jetzt, im Tod, weil er ihre Träume zunichtegemacht habe. Nicht dass er sie gezwungen habe, Medizin zu studieren, fährt sie fort, nein, das hätte er nie getan. Sie habe einfach gewusst, dass er etwas anderes niemals akzeptieren würde, und alles, was sie wollte, war, ihren Vater zufriedenzustellen. Auch wenn ihr das erst heute so richtig klar sei.

Lenni hat gedacht, Ines sei aus freien Stücken Ärztin geworden, es sei ihre Berufung, so wie es seine ist. Es ist überhaupt das erste Mal, dass Ines von ihrem Elternhaus erzählt, Fragen ist sie jeweils ausgewichen, er hat sich zwar gewundert, es aber hingenommen. Weißt du, sagt sie. Angst habe sie gehabt, dass er zu vergleichen beginnen würde. Dass er Ähnlichkeiten entdecken könnte, entdecken müsste zwischen ihrer Mutter und ihr und sie dann damit behängen würde. Ausgeliefert den Ähnlichkeiten mit ihrer Mutter. Dabei, sagt sie, bin ich wirklich ganz anders.

Aber ich kenne sie ja nicht einmal, sagt er.

Zum Glück, sagt sie.

Auf der Beerdigung lernt er Grete dann kennen, eine kernige Frau, die ebenfalls Ärztin ist, unangenehm, wie sie ihn ansieht: überheblich, herablassend, als hätte ihre Tochter eindeutig etwas Besseres verdient.

Und er kann sich überhaupt nicht vorstellen, dass diese Frau jemanden auf sich herumtrampeln lässt. Während der Zeremonie bleibt ihr Gesicht steinern, blass, er fragt sich die ganze Zeit, ob sie erleichtert oder erschüttert oder einfach leer ist.

Lenni, du bleibst doch noch, ruft Jasper, stellst du mir den Rest Material nachher bitte in den Kühlschrank? Kurz darauf fällt die schwere Tür ins Schloss. Ist es wirklich, fragt er sich, die richtige Entscheidung gewesen, seine Hausarztpraxis abzugeben. Zurück in die

Forschung zu gehen, zurück in die Stadt. Oder ist Jaspers Angebot einfach in einem Moment gekommen, in dem er glaubte, keine Wahl mehr zu haben. Sieh es doch mal anders, hatte Jasper gesagt, vielleicht musste all das passieren, damit du endlich in die Forschung zurückgehst. Lachen. Schulterklopfen. Bis heute kann Lenni in nichts von dem, was geschehen ist, auch nur den Hauch eines Sinnes entdecken, nicht alles ergibt Sinn, sagte er, ich weiß, sagte Jasper.

Jedenfalls.

Jedenfalls fühlt es sich noch immer fremd an, dass Jasper Bloom nun sein Chef ist. Und gleichzeitig fühlt er sich endlich am genau richtigen Platz. Ehrlich. Ist das nicht krass? Hat er sich fast ein halbes Leben mit Dingen beschäftigt, mit denen er sich eigentlich nicht beschäftigen wollte. Nichts interessiert ihn doch brennender, als die Frage, warum bittere Pillen besser wirken als süße, rote besser als blaue, Injektionen besser als orale Verabreichung. Warum bereits die Teilnahme an einer Studie, die Erwartung einer Intervention, Ethnie, soziokulturelle Aspekte, Design die Wirkung einer Substanz verändern, aber nie bei allen in gleichem Maß.

Was er eigentlich mache an seiner neuen Stelle, hat Lea gefragt, worum geht es da? *Die Reproduzierbarkeit des Placebo-Effektes in der evidenzbasierten Medizin.* Hä? Er muss lächeln, als er sich an ihr verständnislos-empörtes Gesicht erinnert. Placebo? Dann gebt ihr den Leuten Fake? Dürft ihr das überhaupt? Stell dir vor, versuchte er ihr zu erklären, jemand hat weniger Schmerzen durch ein harmloses Placebo, dann braucht er doch weniger Chemie, fändest du das nicht gut? Auch Natur ist Chemie, lachte sie, das sagst du doch immer. Du wirst es nicht glauben, sagte er, aber der Placebo-Effekt ist hirnphysiologisch und anatomisch nachweisbar, das weiß man seit Jahren. Erwartung und Konditionierung. Und wie immer, wenn er von seiner Arbeit erzählte, fiel es ihm schwer, die Medizinsprache in normale Sprache zu übersetzen, Lea schien ihn trotzdem zu verstehen. Oder vielleicht tat sie auch nur so, weil sie nicht wollte, dass er noch länger derart unverständliches Zeug redete. Okay, sagte sie, okay.

Schon verrückt, wie der Glaube Berge versetzt, erinnert er sich, hat neulich Kurt, der Psychologenkollege, gesagt, da kannst du selbst als alter Hase nur staunen. Oder in die Tischkante beißen, fügte die Neurologenkollegin hinzu.

Also ja, im Grunde ist es die richtige Entscheidung gewesen. Diese Nähe von Wissenschaft und Wahn. Den Wahn berechenbar machen, daran arbeiten wir, das hätte er Lea sagen können, das wäre einigermaßen verständlich gewesen, wir versuchen mit Logik die Unlogik zu erklären.

Eine der Zentrifugen piept, blinkt, piept. Laut. Lauter als sonst, drängender, fordernder. Er lädt sie neu, schließt den Deckel, programmiert Zeit, Temperatur und Drehzahl, startet sie. Kaum etwas deutet darauf hin, dass im Innern dieses Geräts ein Rotor mittels wahnwitziger Geschwindigkeit Teile separiert. Nur die nach unten zählende Zeit und ein leises, wie von ferne kommendes Summen. Dann geht er zum Fenster. Er sieht, wie Herr Bloom den Innenhof durchquert, eilig, zielstrebig. Und gleich springt ihn Ines' Kichern an, sieht er ihr pfiffiges Gesicht vor sich, sie hingegen bleibe lieber bei »Herr Bloom,« sagt sie, als er Jasper an ihrem allerersten Abend das Du anbietet. Bald schon stellt sich heraus, dass Herr Bloom, dieser steife, reservierte Jungwissenschaftler, auch ganz andere Seiten hat, Ines muss das sofort gespürt haben. Nach spätestens zwei Gläsern Wein verwandelt er sich in ein unterhaltsames, fast kindlich begeisterungsfähiges Wesen. Was haben sie gelacht, wenn Herr Bloom sich in einer plötzlichen Anwandlung das sorgsam frisierte hellblonde Haar raufte, bis es wie ein punkiger Kamm mittig auf seinem Kopf stand. Wenn er Witze erzählte, die nicht witzig waren.

Es ist bizarr, aber er kann Ines' Kichern heute noch hören, ihr etwas hüpfendes Lachen, wie konserviert lagert es offenbar in irgendeinem abgelegenen Winkel seines Gehirns.

Noch nicht ein einziges Mal, fällt ihm auf, hat er Jasper Herr Bloom genannt, seit sie wieder zusammenarbeiten.

Still liegt der Campus Mitte im frühen Abend.

Ein leichter Wind ist aufgekommen, und schon wieder beginnt es zu schneien, Flocken stöbern gegen die Scheiben, trudeln nach unten, bleiben liegen auf dem Sims. Allmählich verlassen auch die anderen Kollegen ihren Arbeitsplatz, einzeln tröpfeln sie aus der Drehtür, warten auf jemanden oder gehen allein, gehen nach Hause oder noch auf ein Feierabendbier ins Speisekombinat, vorne an der Chausseestraße. Kurt. Mit ihm arbeitet er am engsten und am liebsten zusammen, Kurt schlurft über den Innenhof, langsam, zögernd, immer wieder bleibt er stehen. Als ob er etwas vergessen hätte, sich aber nicht erinnert, was. Kurt hat zwei Töchter. Die jüngere, Karla, sei letzte Woche fünfzehn geworden, hat er erzählt, als sie gestern nach dem Wochenmeeting auf dem Flur noch zusammenstanden, und wolle von nun an Carlo genannt werden.

Lange blickt er auf das Display der Zentrifuge, die verrinnenden Sekunden 53-52-51-50. Bei früheren Modellen konnte man noch die Rotation sehen, die Kolben, deren Geschwindigkeit das Auge nur noch als Stillstand wahrzunehmen in der Lage war, als weich konturierten Ring. Hat sie angerufen und ihn nicht erreicht? Hat sie es irgendwann aufgegeben, ihn erreichen zu wollen, so wie er es zuvor aufgegeben hat, sie erreichen zu wollen. Wie bloß ist es möglich, dass eine Frau auf einem Feld einfach erfriert? Hatte sie sich verlaufen? War sie obdachlos? Fortgejagt oder fortgegangen? Verstört, verwirrt, verraten?

Er kommt zu spät und muss mit dem letzten freien Platz am Ende der obersten Reihe vorliebnehmen. Die Frau neben ihm trägt eine blaue Bommelmütze, sie wendet den Kopf, als er sich setzt, und lächelt. Hallo, flüstert er. Unter dem Rand der Mütze hervor schauen ihn blaue, ernste Augen an, vor dem Ohr auf seiner Seite, beinahe schon auf der Wange, prangt ein großer Leberfleck in Form einer Birne. Frierst du nicht, fragt er leise. Abgesehen von der Mütze ist sie leichtsinnig dünn angezogen. Sie sei eben aus Stockholm zurückgekommen, sagt sie, dort sei es noch viel kälter gewesen. Was hast du denn in Stockholm gemacht? Die Herrschaften, bitte!, kommt es von unten. Praktikum, flüstert sie, im Hörsaal ist es ziemlich kühl, er zumindest hat Jacke und Schal nicht ausgezogen. Ihre langen Finger liegen auf einer Mappe, die Nägel sind dunkelblau lackiert, fast schwarz. Sie bleibt auch in der Pause bei ihm; bestimmt nur, vermutet er, damit sie sich nicht so allein fühlt unter all den unbekannten Leuten.

Sie haben keine Eile mit nichts.

Sie reden, sie schweigen, und jede Äußerung, auch das Schweigen, scheint ihm so plausibel und leicht, als müsste nichts, aber auch gar nichts bewiesen werden. Ines erzählt gern von Stockholm. Nicht von ihrem Praktikum, sondern von den faszinierenden Inszenierungen, die sie dort gesehen hat, Norén, Beckett, von dem kleinen, verwinkelten Kellertheater, das sie schon in ihrer ersten Woche zufällig entdeckte, von der sensationellen Wirkung dieser neuartigen Inszenierungen und vor allem von der kleinen Clique eingeschworener Theaterleute, mit denen sie auf Proben und Partys mehr Zeit verbracht habe als im Krankenhaus.

In den nächsten Wochen und Monaten lernt er nach und nach auch Ines' Marotten kennen, ihr akribisches Festklopfen des Kaffees in der Espressomaschine, die Art, wie sie mit dem Fahrrad an der Ampel anfährt, im kleinsten Gang, rasch beschleunigend, um sich vor alle andern zu setzen, das stille Lächeln, ungeachtet ihrer Abneigung, ja. Panik, vor der »Falle der Ehe«, wenn zum Beispiel in einem Film geheiratet wird. Und ihren

Drang zu verschwinden. Zu Fuß aus der Stadt herauszuwandern, allein, unbedingt allein, das erste Mal war er sicher, sie habe ihn verlassen, und als sie nach ein paar Tagen dann doch wieder vor seiner Tür stand, war er überglücklich und beleidigt und verletzt. Bis in den Frühsommer hinein trägt sie ihre Mütze, so lange, bis ihr Haar, das sie sich in Stockholm an einem finsteren Wintertag raspelkurz geschnitten und schwarz gefärbt hat, wieder nachgewachsen ist.

Und nach einem Jahr etwa zieht er mit ihr zusammen. In ein möbliertes winzig-dunkles Kabuff im Wrangelkiez. Ein paar Schritte nur sind es bis zur Mauer, und als die Wende kommt, sind sie beide mit dem Studium beinahe durch.

Sein Smartphone plingt. Lea? Alarmiert greift er danach. Warum, fragt er sich, bin ich eigentlich so nervös? Ist doch nichts passiert. Ist doch nur ein Mantel. Eine Whatsapp von Pablo. Wolkenloser Himmel über Havanna. Seit Lea und er letzten Sommer auf Kuba waren und er in einer Bar in Havannas Altstadt, nach Mitternacht, betrunken, sich von Lea hat überreden lassen, endlich Whatsapp zu installieren, schicken Pablo und er sich Fotos und manchmal kurze Filmchen hin und her. Bis heute versteht er nicht, warum Pablo an einen Ort zurückgegangen ist, wohin er nie zurückwollte. Lenni macht ein Foto vom Labor und schickt es samt Tränen lachendem Smiley nach Kuba.

Mein Zuhause ist hier, kannst mir glauben! Pablo und er sitzen in der Teeküche auf der HNO-Abteilung im Krankenhaus am Friedrichshain, erste Pause, Lenni packt seine Brotzeit aus, Pablo nippt an seinem pechschwarzen Kaffee, eine Schwester steht an der Spüle und wäscht Teller und Tassen ab. Erster Tag seines praktischen Jahrs. Endlich geht's richtig los, endlich arbeiten! Pablo hat ihn am Morgen auf der Station in Empfang genommen, ihn allen vorgestellt und ihm alles gezeigt. In den Siebzigern, hört er Pablo erzählen, seien seine Eltern als Vertragsarbeiter aus Kuba in die DDR gekommen und kurz nach der Wende zurückgegangen, nie, sagt er, nie werde er dorthin zurückgehen, kannst mir glauben. Und nächstes Mal, ruft die Schwester lachend, spülst du deinen Kram selber, sonst, kannst mir glauben ...

Ein halbes Jahr später hockt er mit Ines in einer saukalten riesigen Wohnung in der Neuen Schönhauser Straße 16 auf zwei Umzugskisten, zwischen ihnen, auf der dritten Kiste, eine Kerze, zwei Gläser und eine Flasche Rotwein. Prost, sagt Ines, sind wir jetzt wirklich Wohnungsbesetzer, das kann ja heiter werden mit dir. Dabei hat er das gar nicht gewollt. Er hat Schiss gehabt. Wäre es nach ihm gegangen, säßen sie noch immer drüben in Kreuzberg in ihrem finsteren Kabuff. Ines hingegen war sofort Feuer und Flamme.

So sauteuer und so laut und so feucht und soo finster ..., äffte Pablo ihn nach, mit der linken Hand wischte er sich elegant eine imaginäre Träne von der Wange. Lenni, im Ernst, da steht alles leer bei mir im Haus, jammer nicht die ganze Zeit rum, sucht euch eine Wohnung aus, setzt euch rein, macht doch heute jeder so, kannst mir glauben, er fasste ihn am Arm, *kannst mir glauben*, keiner blickt da noch durch, fügte er hinzu, wem was wo und vor allem warum überhaupt gehört. Finde ich auch, sagte Ines, als er ihr von Pablos Vorschlag erzählte.

Es war nicht einmal nötig, einzubrechen. Die Tür stand offen, weil jemand die schönen alten Messingbeschläge abgeschraubt und mitgenommen hatte. Er holte im Baumarkt ein billiges neues Schloss und setzte es ein. Jaja, sagt er, prost, auf unsere erste und hoffentlich letzte Wohnungsbesetzung. Sie lachen. Wenn Pablo einen Mietvertrag bekommen hat, sagt Ines, schaffen wir das doch auch.

Es scheint, als wollte Pablo ihnen möglichst viel von dem Land zeigen, das es nicht mehr gibt. Bevor womöglich auch die Landschaft dieser abgelebten DDR plötzlich verschwunden sein würde, nicht mehr da, verschenkt oder verscherbelt. Eines Freitagmittags fahren sie mit Pablos altem Benz auf die Insel Poel. Sonntag beim Frühstück prahlt Pablo damit, dass er gar keinen Führerschein habe, und der Benz sei ja auch, na ja, nicht richtig … hüstel, hihi. Findest du das etwa lustig? Er will mit dem Zug zurück. Hör doch auf, sagt Ines, Pablo fährt doch super, ich habe gar nicht gewusst, dass du so ein Korinthenkacker bist.

Im Regen machen sie sich auf den Heimweg, die Stimmung ist angespannt, wie immer läuft das Radio, DT64, Herman van Veen, Pablo dreht die Lautstärke hoch und kräht mit, »Eiinsaam-zweeisaam-dreisam …«, passt doch, lacht Ines, er hingegen würde am liebsten aussteigen. Plötzlich biegt Pablo scharf in eine Tankstelleneinfahrt ab. Mann, sagt er, musste das jetzt sein.

Er geht zur Toilette, und als er wiederkommt, sitzt eine komplett durchnässte fremde Frau auf der Rückbank neben Ines. Pablo dreht die Heizung bis zum Anschlag auf, sie alle, außer der Frau, Monika, schwitzen wie blöd, gegen Abend erreichen sie die Stadt. Pablo bietet Monika an, bei ihm auf dem Sofa zu übernachten. Auf dem Sofa!, lacht Ines.

Kurt ist weg. Diffus beleuchten verdeckte Strahler das Atrium. Weiterhin fällt Schnee. Wenn er an diese ersten Jahre nach der Wende zurückdenkt. An diese Zwischenzeit. Diese Leerzeile. Zerfall einer gesellschaftlichen Ordnung, bevor eine neue Fuß fassen konnte. Er hatte einfach nicht glauben können, dass diese ganze forsche Illegalität ohne Konsequenzen bleiben würde, und so verpasste er es, die Zeiten zu genießen, sich treiben zu lassen, es zu nehmen, wie es kommt.

Pling! Zwei doppelt Tränen lachende Smileys und ein Bizeps-Icon unter dem Foto eines riesigen Fisches, der von einer strahlenden Monika in die Höhe gehalten wird. Er schaltet auf stumm und schiebt das Telefon in die Schublade.

Waren es acht oder zehn Jahre, die sie an der Neuen Schönhauser 16 wohnten? Er versucht, sich an prägnante Ereignisse zu erinnern, seine Post-doc-Zulassung, Leas Geburt, die Gerichtsverhandlung, sein Abschied von der Forschung, die Weiterbildung zum Allgemeinmediziner, zählt die Jahre an den Fingern ab. Zwei Praxen standen zur Auswahl, eine in Prenzlauer Berg und eine in Strausberg.

Strausberg, sagte Ines, ich will aufs Land, schon wegen Lea. Okay. Bis sie etwas anderes finden würden, zogen sie in einen Fünfziger-Jahre-Block, hinten Parkplätze, vorne eine stark befahrene Straße, sie suchten weiter und fanden schließlich ihr Haus am Hang, diese Ruine, draußen in Bollersdorf, Märkische Schweiz. Er hat es nicht kaufen wollen, ihm war das alles zu viel. Aber Ines wollte es kaufen.

Ein knappes Jahr lang lebten sie provisorisch, halb in Strausberg, halb schon im Haus, jedes Wochenende schuften, Ines wollte die Holzverkleidung der Fassade unbedingt im ursprünglichen Blau streichen, eher ein Graublau, ein Taubenblau, wo es denn überhaupt noch zu erkennen war. Viel Geld hatten sie für Fensterläden ausgegeben, ohne Fensterläden, sagte Ines, ist ein Haus kein Haus. Punkt. Und dann war endlich alles fertig renoviert, frisch, unverbraucht, unverfallen.

Pablo, Monika und die Jungs kommen als Letzte. Monika ist hochschwanger mit dem dritten Kind, die Nachhut, wie sie augenzwinkernd sagt. Krügers und Roloffs sind da. Und Herr Bloom. Auf dem Tisch unter dem krüppligen Apfelbaum stehen Schüsseln mit Salaten, eigentlich ist es zu kühl, um draußen zu essen, aber mit der großen Feuerschale wird das schon gehen, hat er gedacht. Ines richtet in der Küche das Fleisch, die Jungs sind im Wäldchen verschwunden; während er die

Gäste herumführt, trägt er Lea huckepack. Das Haus steht lichtdurchflutet im Abend. Unten, in der Senke, schimmert schieferfarben der See, kein großer See, ein fehlendes Puzzleteil, wie Ines immer sagt, als fehlte ausgerechnet hier das letzte Puzzleteil der Erde.

Wer soll das denn alles essen, lacht Herr Bloom und zeigt auf die Salate. Lenni setzt Lea in ihren Bollerwagen und mummelt sie fest in die Wolldecken, wie sieht's mit dem Feuer aus, ruft Ines von drinnen. Er nimmt den Scheuerhaken, stochert in der Glut, gut, ruft er, und da kommt sie auch schon mit dem Grillrost aus dem Haus, bestückt mit Steaks, Spießen und Würsten. Grün und gelb und rot schaukeln die Lampions im kühlen Wind, der vom See heraufweht.

Sie stoßen an – auf das fertig renovierte Haus, auf Monikas und Pablos Nachhut, auf die Zukunft. Ines trägt ihren blauen Mantel, sie hat das Haar hochgesteckt, einen Schal um den Hals geschlungen, er bläst mit dem Blasebalg in die Glut, wendet das Fleisch, er könnte, sagt da Herr Bloom, nie auf dem Land leben, ob sie nicht Angst hätten, dass ihnen irgendwann die Decke auf den Kopf falle. Welche Decke, sagt Ines und blickt hinauf in den hohen Himmel. Alle lachen.

Außerdem, fährt Jasper nach einem weiteren Glas Punsch fort, sei dieser ganze Kitsch vollkommen unerträglich, fehle nur noch der Hund, ein Albtraum, was denn da noch kommen solle, wollt ihr es euch nicht noch mal überlegen? Roloffs und Krügers stehen etwas abseits, lass gut sein, Jasper, sagt Pablo, typisch Herr Bloom, sagt Ines und stößt ihn an. Irgendwie ist das zwar typisch Herr Bloom, aber doch auch wieder nicht. Wenn er beschwipst ist, wird Jasper sonst geistreich und witzig und nicht bissig. Und genauso hat das geklungen, bissig, gehässig, eigenartig unpassend. Ob er neidisch ist? Blödsinn. Wenn schon, müsste eher er neidisch auf Jasper sein, ist er ja irgendwie auch. Bevor er Jasper kennengelernt hat, war er überzeugt gewesen, von der Wissenschaft besessen zu sein. Bis Jasper kam und ihn lehrte, was Besessenheit wirklich bedeutet. In rasendem Tempo hatte er sein Studium durchlaufen, war schon währenddessen als Junior Research Fellow in den USA gewesen, sein eigener Vorsprung, einzig im Alter begründet, war kleiner und kleiner geworden, Jasper überholte elegant, er fiel zurück, Jasper war so fraglos der Begabtere von ihnen beiden, dass ihm jeder Kampf von vorneherein aussichtslos, ja geradezu lachhaft erschien.

Er könne Jasper überhaupt nicht zustimmen, sagt da Pablo ganz ernst, kannst mir glauben, Kitschissuper.

Was ist denn mit dir los?, fragt Ines.

Herr Bloom steht neben ihr, natürlich ist er für dieses kühle Wetter viel zu dünn angezogen, er hat sich seine beiden kurzen Arme um den Leib geschlungen und schlottert erbärmlich. Ines schlüpft aus ihrem Mantel und legt ihn Jasper um die Schultern, zieh den an, sagt sie, ich hol mir was anderes. Danke Ines, sagt Herr Bloom, nun wieder zutraulich, lieb von dir. Ganz so, wie man ihn kennt. Als hätte es diesen Ausrutscher nie gegeben.

Essen fertig, ruft Lenni, und wie vom kitschigen Himmel gefallen, stehen die Jungs plötzlich neben der Feuerschale, Monika lacht, greift sich einen rechts, einen links, drückt sie an sich. Und dann beginnt Pablo zu tanzen, ohne Musik, einfach so. Immer schon hat er Pablo und Monika bewundert. Als sie noch Tür an Tür wohnten, hatten sie zwar oft und laut gestritten, aber sich hinterher auch laut wieder versöhnt. Alles ist sehr emotional zwischen den beiden, und weil es so emotional ist, scheint es auch echt zu sein. Na kommt, ruft Pablo, ihr müsst euch bewegen, er zieht Monika samt den Jungs mit sich, und bald wippt, hüpft und trippelt die Gästeschar um die Feuerschale herum, habt ihr keinen Hunger, sagt Lenni so leise, dass ihn bestimmt niemand hört, in der einen Hand die Grillzange mit Wurst, in der anderen einen Teller.

Knapp zwei Jahre später steht Pablo an einem Sonntagvormittag bei ihnen vor der Tür. Allein. Was ist, fragt Lenni, ist was mit Monika, den Kindern? Komm rein, ich hab mir grad einen Tee gemacht. Monika wolle nach Kuba auswandern, sagt Pablo, die Stimme finster. Und seine Eltern lägen ihm auch schon lange in den Ohren. Er sitzt da, seltsam verloren, der heiße Tee vor ihm auf dem Tisch dampft, was soll ich machen, Lenni, was würdest du tun? Ines singt mit ihrem Chor in der Kirche, Lea sitzt im Kinderstuhl und malt einen Wolf mit violettem Farbstift aus. Auch wenn er dort geboren ist, auch wenn seine Eltern wieder dort leben, sei ihm Kuba so fremd wie Kalkutta. Monika sehne sich nach »la revolución«, und er könne ihr das nicht ausreden, fuck. Typisch Tochter aus gutem Haus, kannst mir glauben. Was soll er Pablo raten? Ich fände es schade, sagt er nur. Wirklich schade. Pablo sitzt eine Weile schweigend da. Blickt zum Fenster hinaus. Der Himmel ist grau. Einer dieser Tage, an denen es nicht richtig hell wird.

Eines Abends packt Ines zwei Flaschen Wein aus, von Frau Pratt, sagt sie, du erinnerst dich, die war heute bei mir in der Praxis, nett, oder? Ach, tatsächlich, sagt er nur. Hat Lea heute eigentlich geübt, fragt sie, keine Ahnung, sagt er, ich bin auch gerade erst gekommen. Seit sie mit dieser Peggy verkehrt, sagt Ines, ist sie einfach anders, die tut ihr nicht gut, findest du nicht auch?

Hm, macht er. Er mag Peggy eigentlich gern. Ich meine, sagt Ines, was soll aus so einem Elternhaus schon kommen, von einer Mutter, die Mandy heißt. Ines!, sagt er, das ist jetzt aber unter deinem Niveau. Ist doch wahr, sagt sie.

Die Jahre zuvor hatte Lea mit ihrem Cello zweimal bei *Jugend musiziert* gewonnen, da war – vor vier, fünf Monaten etwa, und ja, tatsächlich zu der Zeit, als Peggy und Lea Freundinnen wurden – ihre Begeisterung fürs Cellospiel abgeflaut. Du übst aber bitte trotzdem, er kann nicht mehr zählen, wie oft er sie ermahnt hat, gebeten hat, und Lea dann jeweils hinaufging und demonstrativ lustlos begann, ihr wunderschönes Instrument zu traktieren, um spätestens nach einer Viertelstunde wieder vor ihm zu stehen und rotzfrech zu fordern, jetzt aber zu Peggy zu gehen. Wie kommt es eigentlich, fragt er sich, dass Peggy Lea beeinflusst und nicht umgekehrt, wenn es denn überhaupt eine Beeinflussung ist und nicht nur einfach die Launenhaftigkeit der Pubertät.

Sie habe ja nichts gegen solche Leute, sagt Ines, sie frage sich aber schon, warum Lea sich ausgerechnet diese Peggy als beste Freundin ausgesucht habe. Warum fühlt sie sich denn nicht zu Kindern hingezogen, die mehr wie sie selbst sind, die mal ein Buch lesen, die sich für den Umweltschutz einsetzen, und vor allem, die auch Musik machen! Und weißt du, fährt sie fort, was sie mich neulich gefragt hat, ob sie auch ein Tattoo haben darf, so ein Krönchen wie auf Justin Biebers Brust, Peggy habe auch eins. Die beiden hängen ja nur noch auf Facebook rum, und wer weiß, wo sonst noch, das kann man doch alles gar nicht mehr kontrollieren. Vielleicht, vielleicht sollten wir sie doch auf diese Freie Schule nach Fürstenwalde schicken. Er sieht sie an. Du glaubst im Ernst, dort gibt es kein Social Media? Und willst du wirklich, dass sie dann hier völlig isoliert ist, *du* hast doch darauf bestanden, sie auf die normale Schule zu schicken, eben damit sie auch hier Freundinnen findet.

Sie zuckt die Schultern.

Das wird schon, sagt er, lass ihr Zeit.

Er holt sich ein Bier aus dem Kühlschrank. Taxi kratzt an der Terrassentür. Ihr plüschig helles Fell, die blaugrünen Augen, wie eine feenhafte Erscheinung wirkt sie da im Dunkeln, sie wedelt, als sie ihn kommen sieht.

Und, fragt er, hast du ihr wenigstens das Justin-Bieber-Krönchen ausreden können? Natürlich, sagt sie, nur weil Peggys Mutter alles egal ist, müssen wir so einen Mist nicht auch gutheißen. Manchmal, fügt sie hinzu, macht mir das wirklich Angst, zu sehen, wie manipulierbar Kinder in dem Alter sind.

Tapp-tapp-tapp. Hört er seine eigenen Schritte. Wie ein Tiger tigert er im Laborraum hin und her. Zählt die Schritte, zwanzig hin, zwanzig her, zehn quer. Zickzack. Hüpft hoch, federt in die Knie, mehrmals. Ha-ha, macht er, pom-pom-pom, um die Schritte nicht mehr hören zu müssen? Dafür hört er die eigene Stimme. Er klatscht in die Hände. Klatscht auf die Zeitungsseite, auf den Mantel. Er könnte sie nehmen und zerknüllen und in den Papierkorb werfen. Oder sie anzünden am linken unteren Rand. Aber dann würde wahrscheinlich der Feuermelder anspringen. Also lässt er das bleiben. Lässt das bleiben. In einem der dunklen Büros oder Labore gegenüber blinkt ein rotes Licht, blink-blink-blink, bleibt stehen, psst! Die Zentrifuge! 00:00:00. Piepen überhört? Muss er wohl. Muss er. Dafür hört er jetzt den Wind, das himmlische Kind, das hinter die Führung der Jalousie fährt und pfeift und klappert und mit dem Kettchen klimpert.

Nach dem großen Sturm. Die folgende Woche. Oder zwei, drei Wochen später? Ja, jedenfalls nach dem großen Sturm, der die Stromversorgung der ganzen Gegend für mehrere Stunden lahmgelegt hatte. Massenhaft Bäume entwurzelt, sintflutartiger Regen. Die Judasohren. Auf einem der Holunderpfosten am Rand des Gartens entdeckte Ines Judasohren. Bräunlich, von Adern durchzogen und so samten weichfleischig-lappig, dass sie tatsächlich an menschliche Ohren erinnerten. Mit einem scharfen Messer schnitt sie die seltsamen Pilze ab, und ihn juckte es plötzlich hinter seinen eigenen Ohren, so was esse ich aber nicht, sagte er entschieden, ich esse doch keine Ohren. Abends verarbeitete Ines ihre zwiespältige Beute zu einem chinesischen Sommersalat, probier doch einfach mal, sagte sie, nur probieren. Mit langen Zähnen, bereit, die jetzt schwärzlichen Pilzstückchen sofort wieder auszuspucken, probierte er. Sensationell. Knackig, würzig und gar nicht glibberig oder schleimig. Roh hatten sie muffig gerochen, jetzt, auf seiner Zunge, schmeckten sie nach Knoblauch und einem Hauch Ingwer. Ines verriet ihm, welche Substrate Judasohren bevorzugen; ein Schwächeparasit, ein Saprobiont, der gern auf feuchtem, moderndem Laubholz wächst. Holunder, aber auch Robinie, Buche, Birke. Woher weißt du das alles, lachte er. Jetzt war er angefixt, ging die folgenden Tage frühmorgens vor der Arbeit mit Taxi hinunter ins Wäldchen, klapperte die Holunderbüsche ab. Fand nichts. War frustriert. Der Pilz wuchs nicht dort, wo die Bedingungen ideal waren. Er wuchs dort, wo man ihn nicht vermutete.

Nach diesem Sturm also und den Judasohren. Am Freitagabend derselben Woche. Bild um Bild. Bisher war Edda einfach jemand gewesen, der sie nach einer Autopanne beigestanden hatten. Sie war jemand gewesen, die sich netterweise bei Ines mit zwei Flaschen Wein bedankt hat. Mehr nicht. Als wäre dieser kommende Abend der Auftakt zu etwas gewesen, das sich in immer schneller werdenden Umdrehungen zu einem toxischen Sediment verdichtete, erinnert er sich nun an jedes einzelne Ereignis dieses Tages. Als ob eine andere Abfolge etwas hätte verhindern können.

Schwester Agata kommt an diesem Morgen zu spät. Mit Mühe und Not wird er des Chaos Herr, zwar haben sie vor einiger Zeit endlich Terminvergabe eingeführt, aber die Leute kommen trotzdem einfach, sie kommen aus dem weiten Umkreis, und wenn sie einmal da sind, kann er sie nicht wieder wegschicken. Man ist ja alles Mögliche hier auf dem Land, Hausarzt und Psychologe und manchmal sogar Stofftierarzt. Mehrmals versucht er Agata anzurufen.

Eine ganze Stunde habe sie in Kostrzyn am Bahnhof gestanden, sagt sie, als sie dann endlich kommt, verflucht, verfluchte Zug und kein Netz, 'tschuldigung, sorry. Aber diese Pendelei, sagt er, wollen Sie nicht doch mal über ein Zimmer in Strausberg nachdenken? Und was ist mit Familie, sagt sie, bin ich ja dann ganz allein hier.

Kaum sind sie einigermaßen wieder im Tritt, ruft Frau Jung an und will wissen, ob sie eigentlich weiterhin zuzusehen gedächten, wie Lea ihre Zukunft in den Sand setze. Was, fragt er, wieso? Frau Jung ist eine gute Cellolehrerin, zwar manchmal etwas harsch, aber er mag sie, und Lea mag sie auch. So dramatisch?, fragt er. Sie sei nicht bereit, schnaubt Frau Jung, ein derart begabtes Mädchen kampflos aufzugeben, sie sollten dafür sorgen, dass das Kind wieder übe. Ja, sagt er und verkneift sich ein Lachen, es tue ihm leid, sie würden mit ihr reden, gleich heute Abend.

Er weiß, Musikmachen ist Lea wichtig, auch wenn es im Moment nicht danach aussieht; kaum je hat er sie zufriedener erlebt als während der Zeiten, in denen sie für die Wettbewerbe so viel hatte üben müssen. Vielleicht sollte er mal wieder Konzertkarten besorgen, ganz kann das alles doch nicht weg sein. Oder sollten wir ihr den Umgang mit Peggy doch verbieten? Aber bevor er weiter über Leas Zukunft nachdenken kann, platzt Schwester Agata in die Teeküche, er müsse sofort los, Anruf von Frau Philips, geht ihr nicht gut. Im Gehen würgt er sein Sandwich hinunter.

Auf dem Feld neben der Straße zwischen Grunow und Ihlow hat sich ein Pulk Kraniche versammelt. Als er auf gleicher Höhe ist, fliegen einige auf, sie breiten die mächtigen Schwingen aus und trompeten ihren erschütternd schönen, urzeitlich anmutenden Warnruf übers Land. Bevor er hier zu arbeiten begann, hätte er sich vieles von dem, was er tagtäglich sieht und hört, nicht vorstellen können. Die Verzweiflung, die Gewalt, aber auch die Freude, die Fürsorge. Kopfüber wird er in die Verhältnisse gesteckt, naturgemäß fast immer in Ausnahmesituationen. Er trifft auf das Verletzlichste von Menschen. Sie vertrauen ihm, sie haben keine Wahl. Immer noch lasse ich mich berühren, zu sehr manchmal, denkt er, während er über den schmalen Feldweg auf Philips Hof zufährt. Er ist sicher: Eines Tages wird er zu spät kommen.

Damit sie in Ruhe noch mit Lea reden könnten, will er heute unbedingt pünktlich Feierabend machen. Keine Chance. Der letzte Patient geht erst um kurz nach halb acht. Die Sonne steht schon tief, als er an der Aral-Tankstelle vorbeikommt. Vor ihm liegt die Ebene zwischen Strausberg und dem Wald, das Feld rechter Hand, abgeerntet, leuchtet in einem milden, hellen Gelb. Nach der Ebene geht es durch den Wald leicht bergauf, und etwa einen halben Kilometer hinter dem Wald ist die Stelle, an der Edda Pratt liegen geblieben war, sicher hundert Mal ist er seither hier vorbeigefahren, warum er ausgerechnet an diesem Tag daran denkt? Er mag diese Fahrt nach Hause, es kommt ihm vor, als führe er an ein Weltenende, ostwärts geht sein Blick über das karge, offene Land, das sich bis zu den Rinnen, Hängen und Kesseln der Märkischen Schweiz zieht. Ines hatte vor etwa einer Stunde angerufen, wollen wir was essen gehen, fragte sie, dann fahre ich über Strausberg und hole dich ab. Nein, sagte er, wir müssen noch mit Lea reden. Warum?, fragte sie. Erzähl ich dir später. Er freut sich auf sie. Immer noch. Er beschleunigt. Der Wagen wippt und schaukelt über den vielfach geflickten, von Wurzelwerk aufgetriebenen Asphalt, erst am Bollersdorfer Kreisel bremst er ab, und gerade als er wieder Gas geben will, sieht er die Sperrung. Mist. Jenseits des rot-weißen Bandes liegt ein großer Schatten über der ganzen Breite der Straße, es sieht aus, als wäre der Asphalt abgesackt, der Sturm vergangene Woche, denkt er, der Regen, er wendet und fährt den Umweg über Buckow, eine Viertelstunde später biegt er in das Sträßchen vor der Bollersdorfer Kirche ab, nicht mehr weit ist es jetzt bis zu ihrem Haus am Hang.

Am Zaun steht ein fremdes Auto.

Erst auf den zweiten Blick erkennt er den kleinen roten Fiat wieder. Er steigt aus, um das Tor zu öffnen, aus dem Dunkel kommt Taxi angeschossen, für das kurze Stück lässt er sie auf den Beifahrersitz springen, Taxi, sagt er, meine Gute. Aber Taxi, hatte Ines gesagt, ist doch kein Name für einen Hund! Aus irgendeinem Grund hatten sie den Welpen mit dem Taxi aus dem Tierheim abgeholt, und für Lea kam kein anderer Name als Taxi infrage. Leas kindliche Entschiedenheit. Da muss er lächeln.

Er lässt den Wagen bis kurz hinter Ines' Kombi rollen, macht den Motor aus und bleibt noch einen Moment sitzen. Es ist so still hier. Mit der rechten Hand tastet er in Taxis Fell, leise klirren die Marken am Halsband, er riecht ihren schlechten Atem, seit einiger Zeit riecht ihr Atem faulig, und jetzt, denkt er, ist sie schon so alt. Komm, sagt er und stößt die Tür auf, Taxi klettert über seine Knie ins Freie, erst dann steigt er selber aus.

Wir haben Besuch, fängt Ines ihn schon an der Tür ab, kannst du Taxi bitte draußen lassen? Irritiert bleibt er stehen. Übereifrig kommt sie ihm vor, die Gestik exaltiert, ihr Augenpaar scheint leicht verrutscht, der Mund seltsam breit, er blinzelt, tritt einen Schritt zurück. Nicht so, wie wenn man an einem Menschen, mit dem man seit vielen Jahren zusammenlebt, plötzlich einen unbekannten Aspekt entdeckt, die eine oder andere spannende, aber bisher verborgene Facette der Persönlichkeit, nein, es ist, als würde ihn eine fremde Person begrüßen. Aber nur kurz. Also müssen wir, denkt er, das Gespräch mit Lea verschieben, den aufflammenden Ärger schluckt er herunter. Er ist froh und auch ein wenig dankbar, dass sie sich in ihrer Beziehung nicht bis buchstäblich aufs

Blut bekämpfen wie die Philips, und gleich ist er besserer, wenn auch noch nicht guter Laune.

Frau Pratt, sagt er, das ist doch Frau Pratts Auto draußen, oder? Woher hat sie unsere Adresse? Er hat einfach nur nach Hause kommen, zu Abend essen und hinterher mit Lea reden wollen. Ganz in Ruhe. Lässt du bitte Taxi draußen, wiederholt Ines, als befürchtete sie, dass er sich schon wieder über ihre Bitte hinwegsetzt. Edda ist allergisch auf Hundehaare. Taxi, sagt er, du musst draußen bleiben. Mit ihren klaren Augen fixiert sie ihn, so, als erwarte sie, dass er sich in der nächsten Sekunde besinne. Er streicht ihr über den Kopf, na los, geh in deine Hütte, mit hängender Rute trottet sie Richtung Terrasse davon.

Frau Pratt sitzt in seinem Sessel.

Mein Gott, schießt es ihm durch den Kopf, ist diese Frau hässlich. Schwammig-grobe Züge. Fette Tränensäcke. Verkniffene Mundwinkel. Und der dicke Hals. Aber ihre Augen sind grün und regelrecht funkelnd, der Blick intensiv. Auf eine beinah beängstigende Weise ist sie präsent. Als sie den Blick abwendet, um Ines anzusehen, wünscht er sich ihre Aufmerksamkeit sofort zurück. Ihr nicht zuordenbares Geschlecht erhöht den Reiz ihrer Erscheinung noch, wie in einem Vexierbild hat er eben die Frau gesehen, eine Sekunde später den Mann, jetzt wieder die Frau. Auf der linken Halsseite, hinter dem Ohr, hat sie tatsächlich eine Schuppenflechte. Sie war zufällig in der Gegend, sagt Ines. Freut mich, sagt er, auch wenn ich nicht verstehe, wie man zufällig in unserer Gegend sein kann, außer man hat sich verfahren. Lachen.

Als wollte sie ihrem altmodischen Namen auch äußerlich entsprechen, trägt sie eine weiße Hemdbluse, bis oben hin zugeknöpft. Dazu einen halblangen engen Rock aus derbem Material. Die Kleidungsstücke wirken wie eine Uniform. Wie geht's der Stelle am Hals?, fragt er. Schon viel besser, sagt sie, dank Ines, wollen wir uns nicht auch duzen, Lenni, oder? Auf dem Tischchen steht ein Crémant im Kühler, die kurze Irritation ist verschwunden. Er holt sich ein Glas, schenkt den Frauen nach und sich selber ein. Setzt sich dazu.

Regisseurin, hatte sie auf der Landstraße gesagt, sei sie, woran arbeitest du denn gerade, fragt er. Wir, sagt sie, nicht ich. Wir sind ein Kollektiv, ein Theaterkollektiv, *arbeite & warte*. Warum hat er das Gefühl, *arbeite & warte* kennen zu müssen, kenne ich aber nicht, denkt er. Dann beginnt sie von *Bananen in Sibirien* zu erzählen, eine Performance-Installation, eine Art Biopic über einen Hochstapler und Scharlatan in der Sowjetunion, einen Günstling Stalins, vom Bauernkind zum, Anführungsstriche, Wissenschaftler, die sowjetische Vom-Tellerwäscher-zum-Millionär-Variante: Boris Trofinowitsch Lyssenko, Diktator der sowjetischen Biologie. Eigenschaften von Lebewesen, auch von Pflanzen, würden nicht durch Zufall, also durch Gene, sondern zu hundert Prozent von Umweltbedingungen bestimmt, das sei sein ideologisches Credo gewesen, unglaublich spannend, sie ist jetzt richtig in Fahrt, und total aktuell.

Eigentlich ist er viel zu müde, um über irgendwelche komplizierten Dinge zu reden, aber selberschuld, er hat ja schließlich gefragt. Aha, sagt er, interessant. Er weiß, er hat den Namen Lyssenko schon gehört, kann sich aber nicht erinnern, in welchem Zusammenhang … Lyssenkos Ansatz war …, dringt jetzt Ines' Stimme an sein Ohr, sie klingt begeistert, so begeistert, wie er sie lange nicht mehr erlebt hat, Lyssenkos Ansatz war, hörst du mir überhaupt zu? … doch, jetzt erinnert er sich: Ein Patient, über neunzig, Melanom linke Schulter, persistierende Metastasen in Leber, Lunge, Gehirn, hat den Namen Lyssenko mal erwähnt. Der Mann hatte zu DDR-Zeiten am Müncheberger Institut für Acker- und Pflanzenbau geforscht, war dann kaltgestellt worden, weil er diesen neuen Ansatz, Lyssenkos Ansatz?, offen boykottierte, das sei nicht erwünscht gewesen, sagte er, politisch nicht erwünscht, Unsinn sei erwünscht gewesen, Unsinn, dreimal wiederholte er das und kicherte dabei hämisch. Obwohl der Mann durch die Gehirnmetastase dement war, unterhielt er sich gern mit ihm, die Demenz hatte eine jugendliche Begeisterung freigelegt, eine ansteckende Emphase, die ihm nahegegangen war. Um den Zusammenhang von Wissensproduktion und Ideologie geht es, hört er Ines sagen, um die Schattenbereiche von Inszenierung und Realität, Theater in einer besonderen Form, der Zuschauer bleibt nicht Zuschauer, sondern taucht ein, wird zum Mitmacher, zum Mittäter, totales Binge-Theater sozusagen, lacht sie.

Ja, ja genau, denkt er, Ines ist gut darin, war sie schon immer, Dinge auf den Punkt zu bringen. Er sieht sie an. Sie ist still und zurückhaltend normalerweise, bis sie am Ende etwas sagt, das Hand und Fuß hat; wofür sie sich begeistert, lohnt die Begeisterung, so kennt er sie. Wie anziehend sie ist. Ihre Klugheit, meistens jedenfalls, ihre Entschiedenheit, auch ihre Schroffheit manches Mal.

Und die blauen Augen, die so erstaunlich mit dem noch immer dunklen Haar kontrastieren. Ihr Dekolleté, die Wölbung ihrer Brüste unter dem leichten grauen Pullover.

Edda kratzt sich an der Schläfe. Keine große Bewegung. Er will nicht hinsehen, aber er muss. Es ist, als hätte Edda nicht nur seinen Blick, sondern auch seine Gefühle aufgefangen, als begännen sie in seinem Kopf ein wirres neuartiges Leben, ungeachtet ihres Äußeren überträgt sich sein Begehren auf sie, er versteht das nicht. An etwas anderes denken, Fassbinder fällt ihm ein, dieser kleine, fettige Mann, dem Frauen wie Männer reihenweise verfielen, seine Filme gehören zum Besten, was Lenni je gesehen hat.

Ich geh noch kurz weg, sagt da Lea, er hat sie gar nicht kommen hören. Ah, unsere Tochter, sagt Ines. Wie, kurz weg, fragt er, schon wieder zu Peggy? Och, jault sie, das ist ja hier die reinste Inquisition. Hast du geübt?, fragt er. Klar, sagt sie. Ich hab nichts gehört, sagt Ines.

Wieder sieht Edda ihn an.

Hinter Ines' Rücken.

Lauernd, prüfend, taxierend kommt ihm ihr Blick mit einem Mal vor, und wieso eigentlich *Bananen in Sibirien*, sagt er, bloß um etwas zu sagen. Erziehung, steigt sie sofort darauf ein, statt Genetik, Erziehung. Keinen Schimmer hat er, wovon sie redet. Nicht nur Sowjetmensch, auch Sowjetpflanze oder vice versa, fährt sie fort. Hätte ich, denkt er, bloß nicht davon angefangen. Echt jetzt? Wie soll das denn funktionieren? Kreative Biologie sozusagen, lacht sie, Lyssenko behauptete, er könne die Pflanze dazu erziehen, immer weniger von dem zu brauchen, was sie braucht. Die störrische Hirse zum Beispiel. Die störrische Hirse sabotierte doch tatsächlich den heiligen Fünfjahresplan, sie ließ sich nicht erziehen, sie brauchte zu viel Wärme und zu viel Wasser, sie brachte ordentliche Erträge im heißen Kasachstan, aber nicht in der Ukraine, du kennst doch bestimmt Brechts Propagandagedicht, *Erziehung der Hirse*, »... und des Sowjetvolks großer Ernteleiter«, beginnt sie pathetisch, »nannt die Hirse ein verwildert Kind«. Kennt er nicht und ist ihm eigentlich auch egal, warum entschuldigt er sich nicht einfach und verzieht sich nach oben? Oder eben Bananen, wie bei *Bananen in Sibirien*, fährt sie fort, das ist natürlich noch mal überspitzt. Die Opfer vergisst Brecht in seinem Gedicht allerdings, fügt sie bissig hinzu, die Opfer der Missernten, der Hungersnöte, die Lyssenkos Lehre zur Folge hatte, die deportierten echten Wissenschaftler, ganz übel hat Brecht sich da verrannt, einem Massenmörder applaudiert. Aufgebracht, richtig in Rage scheint sie zu sein, als müsse sie ihn unbedingt davon überzeugen, dass Brecht sich geirrt hat.

Das ist doch absurd, sagt er, ich kann mir nicht vorstellen, dass Brecht das wirklich geglaubt hat, so etwas glaubt doch niemand.

Kapiert?, sagt sie und schlägt sich mit der flachen Hand auf den Schenkel, er hat's kapiert! Die ist betrunken, denkt er, oder auf Drogen. War sie doch vorhin auf dem Klo. Weite Pupillen, das kann aber natürlich auch am Sympathikus liegen oder am spärlichen Licht, er will ihr nichts unterstellen. Das ist doch genau der

Trick, sagt sie, du verzapfst so einen Riesenbullshit, dass jeder denkt, auf so einen Bullshit fällt doch niemand rein. Und da gehen sie dir schon auf den Leim. Das ist der Punkt, an dem sie die ungeheuerlichsten Behauptungen ernst zu nehmen beginnen, Medien und Intellektuelle und Kunst zuallererst. Du trittst raus aus der Wirklichkeit und rein in eine andere Wirklichkeit. Und wenn alle die andere Wirklichkeit akzeptieren, wird sie zur neuen Wahrheit. Dann braucht es keinen Befehl von oben mehr, ich meine, Brecht. Brecht hat sich schon ganz allein gezwungen, die Dinge zu sehen, wie er sie gesehen hat. Mit anderen Worten, lacht Ines, zwei und zwei sind fünf. Genau, sagt Edda, Umweltbedingungen halt …

Ich muss jetzt mal was essen, sagt er und steht auf.

Aus Resten im Kühlschrank fabrizieren sie einen Salat, schieben eine Tiefkühlpizza in den Ofen, Erdnüsse sind noch da, ein Glas mit Spargel und etwas Vanilleeis. Aber schön habt ihr es hier, sagt Edda, wirklich, ihr Blick schweift über die Wände, die beiden Sessel am Fenster, verweilt auf dem Kaminofen, hattet ihr eine Innenarchitektin? Alles selber, sagt er, also Ines. Er lächelt.

Den Rest des Abends reden sie nicht mehr über Eddas Projekt. Sie reden über Immobilienpreise, Gummistiefel, Ärztemangel auf dem Land. Sie finde das super, sagt Edda, dass Lenni sich hier in der Provinz niedergelassen habe, heutzutage. Ach was, sagt er. Schon wieder ein Thema, über das er nicht reden will, schnell wirft er einen Blick zu Ines, na ja, sagt sie, ganz freiwillig war das ja nicht. Hörst du jetzt sofort auf, sagt er gespielt streng und legt den Arm um ihre Schultern und küsst sie auf den Hals. Sie riecht wie immer, herb, etwas süßsäuerlich. Der Geruch erinnert ihn an Moos, an feuchte, kühle Erde, Waldboden, mit den Fingern gelockert. Ihre Haut ist weich und sehr glatt, nur seine Lippen sind imstande, die feineren Unebenheiten zu erfühlen, die Furchen des Muttermals vor dem Ohr, Narben von Pickeln im Nacken. Tief atmet er ein, tief aus.

Warum sie eigentlich, fragt er, Edda heiße, ob sie nordische Vorfahren habe, hat nicht Görings Tochter Edda geheißen? Lenni!, sagt Ines. Edda steht auf, es sei spät geworden, sie müsse ja noch in die Stadt zurück. Sonst kannst du auch hierbleiben, sagt Ines, wir haben ein Gästezimmer, ja genau, sagt er, obwohl er nicht will, dass sie bleibt.

Das war blöd, sagt Ines. Ich weiß, sagt er, es tut mir leid. Aber heißt sie wirklich Edda? Sie zuckt die Schultern, ist wohl ihr Künstlername. Wie heißt sie richtig, will er wissen. Da hört er die Haustür klappen und gleich darauf flinke Füße auf der Treppe. Lea? Du weißt schon, ruft er, wie spät es ist? Sorry, sagt sie, wir haben noch einen Film zu Ende geschaut. Deine Cellolehrerin hat mich heute angerufen, sagt er, was, sagt Ines, davon hast du mir gar nichts erzählt. Ja, wann denn, gibt er pampig zurück.

Es war doch ein schöner Abend, er versteht selber nicht, warum er so gereizt ist. Es ist nicht zu leugnen, er mag Edda, obwohl. Ist »mögen« das richtige Wort? Sie ist eine besondere Person. Selbst nebensächliche Bemerkungen versteht sie mit einer verblüffend ehrlichen

Dringlichkeit auszustatten. Das beeindruckt ihn. Auf eine zwiespältige Weise interessiert ihn diese Frau.

Die ganze Zeit, wird ihm eben bewusst, hat er unterschwellig befürchtet, etwas Falsches zu sagen, falsch zu reagieren, und zwar nicht erst heute Abend. Schon damals auf der Landstraße hat er doch das Bedürfnis gehabt – was, wonach? Ihr zu gefallen? Nicht sexuell. Mehr wie ein Kind, das den Eltern gefallen will. Obwohl nicht er, sondern sie in einer misslichen Lage war. Ihre leichte Arroganz, die darauffolgende Freundlichkeit, für die er so merkwürdig dankbar gewesen war. Und heute Abend? Als hätte schlussendlich eine Art Lausbubenlust gesiegt, etwas garantiert Falsches zu sagen. Was hat Frau Jung denn gewollt, fragt Ines. Ob es uns egal sei, wenn Lea die Musik in den Sand setze, sie war richtig sauer. Ines nickt. Du hast es ja nicht glauben wollen.

Sie räumen auf und setzen sich noch einen Moment aufs Sofa, er legt seinen Kopf an Ines' Schulter, Bullshit, denkt er, ja, ganz unrecht hat Edda wohl nicht. Einer glaubt den Bullshit, dann glaubt ihn der Nächste undsoweiter, wie Domino-Steine kippen sie alle um – bloß nicht zu nah am nächsten stehen. Bloß nicht.

Ja, es war vor allem Ines, die das Wohnzimmer geplant und gestaltet hat, eigentlich das ganze Haus. Viele der Möbel stammen noch aus Berliner Zeiten, damals, kurz nach der Wende, streiften sie abends vor dem Eindunkeln durch die Straßen, das Jagdfieber hatte sie gepackt, Ines mehr als ihn, sie staunten, was die Leute alles wegwarfen, riesige Berge Sperrgut türmten sich vor den Häusern, es schien, als wollte sich der halbe Osten neu einrichten.

Schrankwände, Tische und Stühle aus DDR-Produktion standen da, aber auch echte Antiquitäten; einen Biedermeiertisch fand er eines Nachts in einem Hinterhof in Friedrichshain, und Ines fuhrwerkte zwei alte, stinkende Perserteppiche mit dem Fahrrad nach Hause, die sie anschließend eine Woche lang täglich mit Febreze einsprühte. Ewig noch hatte die Wohnung gestunken, wie sie das damals bloß ausgehalten haben? Und plötzlich muss er an seine Mutter denken. Weißt du, hatte sie ihm einmal erzählt, sie saßen auf einer Bank an der Außenalster, frisch verheiratet hätten sie erst Leute zu sich einladen können, als ihre Wohnzimmereinrichtung komplett gewesen sei. Das Buffet habe noch gefehlt, und so, ohne passenden Buffetschrank, habe man das Wohnzimmer ja niemandem zeigen können. Für die Generation seiner Eltern sollte alles zusammenpassen, für ihre Generation darf nichts zusammenpassen.

Längst müffeln die Teppiche nicht mehr. Auch der Grabgeruch des feuchten Gemäuers, der Gestank nach versottetem Schornstein ist Geschichte. Manchmal kann er kaum glauben, was sie aus dieser Ruine geschaffen haben. Dort drüben neben einem Kachelofen, der nicht mehr zu retten gewesen war, über die ganze Wand laufend, sieht er noch die Graffitis, FUCK NAZIS, LOVE KATJA, pechschwarz, blutrot, bodenwärts gruselig erstarrte Farbnasen. Und jetzt: Alles in einem warmen Ocker gestrichen. Die Dielen in mühsamer Kleinarbeit abgeschliffen, ausgebessert, geölt. Draußen die riesige überdachte Terrasse. Noch nirgends, auch in der Berliner Wohnung nicht, hat er sich so wohlgefühlt wie hier.

Er steht auf und schiebt eine CD in den Player. Mercedes Sosa, *Gracias a la vida*.

So sind wir vorhin aber nicht gekommen, sagt Ines, hast du dich verfahren? Der Makler hat sie zu zwei Höfen in der Umgebung geschickt, nach der Besichtigung des zweiten schwiegen sie erst eine ganze Weile. Meinst du, begann dann Ines mit dünner Stimme, wir finden je etwas? Entweder halbe Ruinen oder kaputt saniert, ich fass es einfach nicht. Ein schwül heißer Tag, Lea sitzt auf der Rückbank in ihrer Kinderschale und quengelt schon die ganze Zeit. In Ihlow ist er, statt Richtung Grunow abzubiegen, einfach geradeaus weitergefahren. Nein, sagt er und bremst ab, ich hab mich nicht verfahren. Kurz vor der Bollersdorfer Kirche setzt er den Blinker und biegt links in die kleine Straße ab, an deren Ende, unten am See, er einmal auf Hausbesuch war. Am Dorfteich, ist auf dem Straßenschild zu lesen und genau wie er es in Erinnerung hat, führt das Sträßchen kurz darauf an einer Art Teich vorbei, der aber bis auf ein paar feuchte Stellen ausgetrocknet ist. Im Schritttempo zuckelt er über den desaströs löcherigen Belag, im Kopf hat er kühles Nass, schwimmen gehen, hoffentlich ist der See nicht auch ausgetrocknet, so lange, wie diese Hitze nun schon andauert. Was soll das jetzt, sagt Ines genervt, Mist, jetzt hat er doch ein Schlagloch erwischt, wirst schon sehen, sagt er. Stopp, ruft sie kurz darauf, sofort anhalten, dort, sie zeigt auf ein Gestrüpp rechter Hand. Noch bevor er richtig gehalten hat, springt sie aus dem Wagen und steuert schnurstracks auf das Gestrüpp zu, blickt sich um und steigt dann über ein verrostetes kniehohes Tor. Lea brüllt los. Er steigt aus, holt sie aus dem Kindersitz, ihr Gesicht ist rot und nass von Tränen und Schweiß, er tupft es trocken, ist gut, sagt er, sie schlingt die Arme um seinen Hals.

Erst sieht er nichts.

Dann sieht er, was Ines wohl vorhin schon gesehen hat. Einen verwahrlosten Garten, eine moosig-blaue Fläche zwischen Bäumen, die verwitterte Fassade eines Hauses. Es liegt etwas unterhalb am Hang, mannshoch wuchern Brennnesseln, Beifuß und Goldrute im Garten, mittendrin steht ein krüppliger, halb toter Apfelbaum, an einem der unteren Äste baumeln die Reste eines Futterhäuschens. Über die holzverblendete, irgendwann mal blau gestrichene Fassade ranken wilder Hopfen und eine Glyzinie mit armdickem Stamm; die Planken der Terrasse sind durchgebrochen, die Tür ist nur angelehnt. Vorsichtig drückt Ines sie ganz auf. Drinnen ist es so kühl und feucht, dass ihn fröstelt. In den Räumen stehen noch alte Öfen, manche zerschlagen, es riecht nach Schornstein und Schimmel, die Böden sind übersät mit Scherben und Schutt und Asche und Ruß, über die Wände ziehen sich Graffitis. Die meisten Fensterscheiben fehlen, die Hopfenranken wachsen bis weit in die Zimmer hinein. Von den oberen Fenstern aus sieht er zwischen den Wipfeln hoher Tannen den See glitzern. Eigentlich, denkt er, kann man das nur noch abreißen.

Wie Ines vor ihm steht.

Er, er hat die ganze Zeit Schiss, der Boden unter ihnen gebe gleich nach, Ines aber scheint nichts der Art zu befürchten, sie legt ihm beide Hände auf die Schultern, zwischen ihnen Lea, und sieht ihm in die Augen. Das, sagt sie, ist unser Haus! Hm, macht er und lächelt etwas hilflos, weißt du … psst, küsst sie ihn auf den Mund, du brauchst gar nichts zu sagen, jetzt, wo wir unser Haus gefunden haben. Ja, sagt er, wenn es denn überhaupt zu verkaufen ist. Und wenn, hast du auch nur die geringste Vorstellung, was es kostet, das wieder einigermaßen instand zu setzen, ich glaube nicht, dass wir uns das leisten können.

Sie hat natürlich recht, es ist ein zauberhaftes Haus, geschwungener Giebel, unter der Holzverblendung Fachwerk, große Terrasse, riesiger Garten. Und selbstverständlich die Lage, diese Lage am Hang mit Blick über den See. Wir müssen nur, sagt Ines mit großer Geste, dort unten ein paar Bäume fällen, und, tadaa, freie Sicht aufs Mittelmeer!

Sie strahlt.

Als wäre die halbe Welt im Begriff, ihr diese Ruine vor der Nase wegzuschnappen, treibt sie ihn an. Er kachelt los, zurück Richtung Dorf, holterdipolter, den schlimmsten Löchern versucht er auszuweichen, fragen wir den, sagt Ines, kaum haben sie die ersten Häuser erreicht, halt an, halt schon an! Vor einem Vierseitenhof ist ein Mann gerade dabei, auf einen Trecker zu steigen, Hühner laufen herum. Entschuldigung, ruft Ines aus dem heruntergekurbelten Fenster, Entschuldigung, hallo? Der Mann hält inne. Sie steigen aus. Fichtner und Eppert aus Strausberg, stellt er sie beide vor, was mit dem Haus dort vorne am Hang sei, fragt Ines, wem es gehöre. Einemausemwesten, nuschelt der Mann. Bitte?, fragt Ines nach. Einem aus dem Westen, übersetzt Lenni, wem, fragt er, haben Sie einen Namen, eine Adresse? Fragnsnfarrer. Danke, sagt Ines, vielen Dank, Herr? Roloff, brummt der Mann und wendet sich wieder seinem Trecker zu.

Die Musik ist zu Ende. Still. Nicht einmal die Nachtigall ist zu hören, die sonst immer so einsam und surreal ihr Lied in die Dunkelheit wirft. Kurz alarmiert ihn diese tiefe Stille, die Abwesenheit des Vogels, kurz ist ihm, als wäre die Nacht erstorben. Ines' Kopf liegt an seiner Schulter, er haucht ihr einen Kuss auf den Scheitel, schläfst du? Ihm war das Haus nicht so wichtig gewesen wie ihr. Er hätte lieber ein Haus gekauft, in das sie gleich hätten einziehen können. Ein Jahr lang renovierten sie in jeder freien Minute, an den Abenden, den Wochenenden; was man selber machen konnte, machten sie selber, sie hatten keine Wahl. Pablo, Monika und sogar Jasper halfen ihnen, sooft sie konnten.

Hier im Wohnzimmer, dem einzigen Raum, der nach einem Vierteljahr schon einigermaßen bewohnbar war, legten sie mehrere Matratzen auf den Boden, wie nach einer Party im Ferienlager sah es bald aus. Schlafsäcke, Essensreste, Sixpacks Bier, halb volle Weinflaschen. Dazwischen Leas Kindergitter, in dem sie schlief oder spielte, während sie arbeiteten. Ines' Gesicht, weiß von Putz oder Kalk oder Staub, das Haar nach hinten gebunden, glanzlos, strohig, die Wangen gerötet, ein mattes Lächeln auf den Lippen. Musik gehört zu der Erinnerung, Mercedes Sosa, *Todavia Cantamos*, *Gracias a la vida* oder Screamin' Jay Hawkins, *I Put a Spell on You*, mit rau krächzender Stimme sang Ines mit, »bekos yu ar meein …«. Streit gehört dazu; wenn sie beide, am Ende ihrer Kräfte, sich vollkommen sinnfrei um irgendwelche Details zankten. Picknick im Garten, die Freude, als Bauer Roloff mit seinen Söhnen die beiden mächtigen Tannen fällte und sie endlich freie Sicht auf den See hatten. Wie das letzte fehlende Puzzleteil der Erde sieht er doch aus, sagte Ines, findest du nicht? Er versuchte zu sehen, was sie sah. Aber für ihn war der See nur ein See.

Ines? Er hebt die Hand und fährt ihr mit einem Finger übers Gesicht, sie erschrickt ob seiner Berührung, bin ich eingeschlafen? Lass uns ins Bett gehen, sagt er leise.

Feuer im Ofen. Knabberzeug auf den Tisch. Wein, für Lea ausnahmsweise eine Cola. Lea sitzt verstockt auf dem Sofa, die Beine angezogen, die Arme um die Beine geschlungen, die Stirn auf den Knien.

Sie reden.

Lea schweigt.

Sie versuchen es im Guten, mit dem Appell an die Vernunft, schau, sagt er, du hast so viel Talent, ich bitte dich, schmeiß das nicht aus einer Laune heraus weg. Hast du früher nicht immer gern geübt? Was ist denn inzwischen geschehen? Alles scheint an Lea abzuperlen. Wenn das so weitergeht, fährt Ines entnervt dazwischen, gehst du nicht mehr zu diesem Mädchen! Um sie zu bremsen, legt er ihr die Hand auf den Arm. Schau mich an, sagt er zu Lea. Sie hebt den Kopf, stützt das Kinn auf die Knie, frech herausfordernd ist ihr Blick. Bitte, Lea, das macht uns doch auch keinen Spaß. Was hältst du davon, wenn wir nächste Woche zu Camille Thomas in die Philharmonie gehen, sie ist gerade mit Bach-Fugen unterwegs, ich habe Karten besorgt. Nichts, sagt sie, die ist doof und eingebildet. So, braust Ines auf, dann wars das jetzt, Schluss, du gehst nicht mehr zu diesem Mädchen, wir verbieten dir diesen Umgang. Punkt. Schhh, macht er. Ja, klar doch, sagt Lea schnippisch, verbietet mir doch alles. Ines, sieht er, ist kurz davor, endgültig die Fassung zu verlieren, Ines! Wein schwappt über den Rand, so hart stellt sie das Glas auf den Tisch. Steht auf, geht hinaus, knallt die Tür zu.

Etwa ein halbes Jahr nach Leas Geburt kommt er eines Abends nach Hause und findet Ines im Schlafzimmer. Lea nackt neben ihr auf dem Bett. Schreiend und strampelnd. Ines sitzt einfach nur da und starrt in eine Ecke. Ines? Als wäre sie aus sich hinausgetreten. Woanders. Ohne Kind. Als er ihren Namen sagt, kehrt sie allmählich zurück. Nie, weiß er, wird er diesen Blick vergessen, als ihr bewusst zu werden scheint, dass dieses schreiende Ding, jetzt in seinen Armen, ihr Kind ist. Bist du krank, fragt er, oder was ist los? Nein, sagt sie, nichts, nur einfach müde. Das kann er verstehen. Ich bleibe morgen zu Hause, sagt er, dann kannst du mal ausschlafen. Aber auch mit mehr Schlaf wird es nicht besser. Er ahnt, was sie hat. Nicht das Geringste könne sie mit ihrem Kind anfangen, wie ein Roboter komme ich mir vor, sagt sie, keine Liebe, nur Panik. Hat er Ines je so verzweifelt erlebt, so entsetzt über sich selber? Schuld, sagt sie, ich fühle mich schuldig und gefangen und kann nichts dagegen machen. Und er, er hat das nicht gemerkt, ein halbes Jahr lang nicht, wie kann das sein?

Nach drei, vier Monaten in Therapie schlägt ihr Gefühl ins Gegenteil um. Als müsste sie nun alles wiedergutmachen, überschüttet sie Lea mit Aufmerksamkeit. Einigermaßen normal wird die Beziehung erst, als Ines nach anderthalb Jahren wieder zu arbeiten beginnt. Normal, was heißt schon normal? Wenn Lea Hilfe oder

Trost braucht, dann kommt sie immer erst zu ihm. Ines, weiß er, gibt sich Mühe, die Enttäuschung nicht zu zeigen, die Eifersucht.

Lea, wir werden dir Peggy nicht verbieten, aber du musst wirklich wieder mehr üben, nicht für uns, für dich. Wolltest du nicht immer Cellistin werden? Könntest du dir denn einen anderen Beruf überhaupt vorstellen? Denk einfach mal darüber nach. Sie sieht ihn an. Der Trotz ist aus ihren Augen gewichen und hat einer zögerlich zutraulichen Verletztheit Platz gemacht. Er weiß, wie anmaßend blöd das klingt, *nur zu deinem Besten*, aber er hat im Moment auch kein besseres Argument. Wollen wir zusammen einen Plan machen?

Wie immer ist viel los in der Praxis. Sein Anspruch, hinzuhören, Verschwiegenes wahrzunehmen, ist schon längst der immer knapper werdenden Zeit zum Opfer gefallen. Jemand muss das ja machen, sagt er sich, besser so als gar nicht, aber damit, weiß er selber, macht er einen unhaltbaren Zustand nur haltbarer. Zum Glück hat er Schwester Agata, sie fängt das Gröbste auf, geduldig und freundlich. Dann der Gau: Kollege Kuhn aus der Vorstadt fällt krankheitsbedingt aus, wahrscheinlich für längere Zeit, zu seinen eigenen Patienten kommen nun noch Dutzende aus dessen Praxis. Wir müssen anbauen, sagt Schwester Agata und lacht, ohne Schwester Agatas stoische Ruhe, ohne ihren Humor hätte er wahrscheinlich schon längst aufgegeben.

Wenn er abends nach Hause kommt, ist er nicht nur

müde, er ist erschöpft und nicht mehr imstande, für Lea so da zu sein, wie es eigentlich noch nötig wäre.

Er hofft auf Ines.

Aber Ines hat ihm vor einer Weile eröffnet, ganz beiläufig, so, als würde sich dadurch nicht das Geringste ändern, dass sie sich in Eddas Projekt nun doch etwas mehr engagieren wolle. In diesem Lyssenko-Projekt, das jetzt in die Umsetzungsphase komme, wahnsinnig spannend! Okay, hatte er nur gesagt, er war gerade dabei, ins Auto zu steigen, wenn du meinst, und als er in der Praxis ankam, hatte er Ines' neue Ideen schon vergessen.

Und dann ändert sich doch alles. Vier Tage die Woche arbeitet sie in der Gemeinschaftspraxis, am Montag, ihrem freien Tag, hilft sie ehrenamtlich im Buckower Bioladen aus, sie ist im Brecht-Weigel-Haus aktiv, und einmal die Woche hat sie Chorprobe in Dahmsdorf. Neben alldem fährt sie mehrmals die Woche zu Edda nach Berlin. Im Grunde ist sie ständig unterwegs. Kaum scheint sie zu wissen, wohin mit all ihrer Kraft, die sie mit einem Mal hat, er fragt sich, woher. Die Zeitenge, so kommt es ihm vor, engt sie nicht ein, sondern spornt sie an. Während sie offenbar nichts verpassen will, wäre es ihm am liebsten, möglichst viel zu verpassen.

Kommt ihr mit?, fragt Ines eines Abends, ich habe Karten für ein Event in Hamburg, sie fächert drei Flyer auf und wedelt damit herum. Lea hat nicht aufgegessen, sie findet Judasohren noch immer eklig, feinsäuberlich hat sie die Pilzstückchen aussortiert. Was ist das, fragt er.

Das neue Stück von Signa, eines der genialsten immersiven Theaterkollektive derzeit. Hä, sagt Lea. Kollektiv, denkt er, schon wieder ein Kollektiv. Ein Rudel, so eine Ansammlung von Leuten, die in dieselbe Richtung rennen, das scheint ja im Moment Mode zu sein. Er greift sich eine der Karten, »Wer das Gute sucht«, liest er, »der möge sich hier einfinden.« Ein schön gestalteter Flyer in einer Art modernem Jugendstil. Der Verein *Das halbe Leid e. V.* habe es sich zur Aufgabe gemacht, Empathiefähigkeit und Solidarität unter den sogenannten privilegierten Menschen zu fördern, zwölfstündige Kurse werden angeboten, eine Nacht unter »Leidenden« und »Mitleidenden«. Bislang, wird ihm auf der Rückseite der Karte verraten, gälten diese Kurse als Geheimtipp in gehobenen Kreisen, regelrecht süchtig würden manche Teilnehmenden nach dem geteilten Leid …

Ich weiß noch nicht, sagt er und legt den Flyer zurück, ob ich das schaffe. Ach, Lenni, sagt Ines.

Wie machst du das eigentlich, fragt er. Hast du wirklich für so etwas auch noch Zeit? Und was ist mit Lea? Plötzlich ist er sauer. »Mich nun doch ein bisschen mehr engagieren in Eddas Projekt«, hat sie gesagt. Nach wenig hat das geklungen, nach etwas, das neben ihrem sonstigen Leben locker zu schaffen ist. Ich brauche dich, sagt er, Lea braucht dich.

Ach komm, sagt sie. Er solle nicht von sich auf andere schließen, er sei, was Zeit angehe, doch ein hoffnungsloser Chaot, sie drückt ihm einen Kuss auf die Wange und beginnt, den Tisch abzuräumen. Glaub mir, sagt sie, ich schaffe das.

Natürlich weiß er genau, worauf sie anspielt. Während er permanent über Zeitmangel klagt, kommt es vor, dass er draußen auf der Terrasse steht, eigentlich nur kurz den Grünabfall hinunter zum Kompost hat bringen wollen, da fällt ihm etwas auf oder ein, oder es fällt ihm nichts ein, keine Ahnung, jedenfalls kann er da stehen bleiben mit dem übervollen Eimer in der Hand für eine Viertelstunde oder länger, gedankenverloren, traumverloren, bis Ines ihn vorsichtig anstößt, was er denn da eigentlich so lange mache.

Okay, denkt er. Wenn sie meint. Wenn sie sich so sehr für Eddas Theater interessiert, warum nicht. Erzählt ihm Ines manches Mal, welche Gedanken sich ergäben, welche neuen Sichten, ist er ja schon auch angetan, vor allem von ihrer hellen Begeisterung.

Letzthin erst hat sie ihm einen Vortrag über Immersion gehalten, diese superangesagte neue Theaterform, du kennst doch die medizinische Definition? Kennt er natürlich, Zedernöl zwischen zwei Objektträgern, um die Brechungskraft des Glases zu imitieren. Tiefe Versunkenheit, dozierte sie, logisch, dachte er, Hingabe an die Illusion. Sie holte das Tablet und öffnete den Blog der Berliner Festspiele: »Die Ästhetik der Immersion ist eine Ästhetik des Eintauchens«, las sie vor, »ein kalkuliertes Spiel mit der Auflösung von Distanz. Sie ist eine Ästhetik des empathischen körperlichen Erlebens und keine Ästhetik der kühlen Interpretation.« Laura Bieger aus *Ästhetik der Immersion*. Die Festspiele seien sehr interessiert an Eddas Arbeit, ich sag dir doch schon die ganze Zeit, sagte sie, munitioniert mit dem Interesse der Berliner Festspiele, wie relevant Eddas Arbeit ist!

Als hätte er das Gegenteil behauptet und sie müsste ihn nun unbedingt überzeugen. Als wäre ihr seine Zustimmung wichtig. Irgendwie, überlegte er, ist diese Immersion ja die Antithese von Herrn Brechts epischem Theater, nirgends Verfremdung, keine strikte Trennung mehr von Bühnenraum und Zuschauerraum. Es ist die totale Bühne.

Lea ist nach oben gegangen. Er hört sie in ihrem Zimmer hin und her gehen. Er wartet darauf, dass sie zu üben beginnt, aber stattdessen macht sie Musik an. Bunt liegen die Flyer auf dem Tisch. Die Spülmaschine arbeitet, rhythmisch rauscht Wasser über das schmutzige Geschirr. Zum Glück, sagt Ines in seine Gedanken hinein, hast du damals doch angehalten, sonst hätten wir Edda nie kennengelernt.

Er lässt sich überreden. Mal wieder. Er will kein Spielverderber sein. Auf der Fahrt nach Hamburg schläft er beinahe ein. Fahr du, sagt er zu Ines und setzt sich nach hinten zu Lea. Er ärgert sich. Er hätte Nein sagen sollen. Auch wegen Taxi. Er macht sich Sorgen. Sonst nehmen sie Taxi immer mit, aber das ging ja diesmal nicht wegen Eddas Allergie. Peggy wird zweimal hingehen, um sie zu füttern, das mache sie gern, meinte sie. Oder sie hätten doch mit zwei Autos fahren sollen. Jetzt stell dich nicht so an, hat Ines gesagt, andere lassen ihren Hund auch mal zwei Tage allein. Ihm kommt es vor wie ein Verrat.

Er gibt sich Mühe.

Er könne sich noch gar nicht vorstellen, sagt er, wie die das machen wollten, dort in Hamburg, eine ganze Nacht? Und dann fühlt man sich wirklich in diese Geschichte, diese … Erzählung hineinversetzt? Wirst schon sehen, lacht Edda. Lea spielt auf dem Handy herum, was machst du, fragt er, nichts, sagt sie.

In Barmbek, in einer stillgelegten Werkshalle, finden sie eine albtraumhafte Parallelwelt aufgebaut. Zunächst fasziniert, lässt er das pompöse Prozedere über sich ergehen. Einchecken, Kleiderwechsel, Einweisung, tatsächlich ist alles wie ein Psychokurs angelegt. Aber schließlich und endlich. Kann er doch nicht vergessen, dass es ein Spiel ist. Zwar findet er die Figuren grotesk witzig, die Räume gruselig authentisch, aber dieser gruppendynamische Hokuspokus nervt ihn bald, beim besten Willen kann er nicht mitfühlen, mitleiden; zu künstlich, zu gewollt, das Ganze wirkt wie Getue auf ihn. Andere können es, er sieht es an ihren verzückt versenkten Gesichtern. Nach vier Stunden hat er, obwohl er schon lange nicht mehr raucht, das unaufschiebbare Verlangen nach einer Zigarette. Wie lange dauert das noch, flüstert Lea – als hätte sie seinen Überdruss gespürt. Ich weiß nicht, sagt er, bis morgen früh, glaube ich. Gehen wir?, fragt sie. Sie suchen nach Ines und Edda, finden sie nicht.

Aber kaum sind sie draußen, kommen auch die beiden, sie habe das echt nicht mehr ausgehalten, stöhnt Edda, wir auch nicht, lacht er, super Timing, gehen wir noch was essen?

In einer Kneipe nahe ihrem Hotel bestellen sie halbe

Hähnchen und Pommes, Bier und eine Cola. Sie wolle ja nicht lästern, lästert Edda, aber sie sei so was von enttäuscht. So wie Signa werden wir es bestimmt nicht machen. Ganz beflügelt scheint sie von der Gewissheit, es besser machen zu können, tiefer, stärker, echter. Ines sagt nicht viel, nur, dass auch sie enttäuscht sei und dass sie sicher sei, Edda werde nicht in diese Falle tappen. Welche Falle, sagt sie nicht. Und er fragt auch nicht nach. Edda ist dermaßen selbstbewusst, charmant, obsessiv, dass er ihr zutraut, es besser machen zu können, er traut ihr in diesem Moment alles zu. Und Lea. Während sie den Freunden ihrer Eltern normalerweise mit der herablassenden Gleichgültigkeit Pubertierender begegnet, sieht er jetzt in ihren Augen eine leise Bewunderung aufkeimen, ab und zu kichert sie und stellt einmal sogar eine Frage: Wie sie das denn machen wolle, noch echter? Da legt Edda den Finger auf die Lippen, psst, sagt sie lächelnd, psst.

Der Lattenzaun zu Krügers Wochenendhaus ist auf mehreren Metern gebrochen; als er mit dem Rasenmäher aus Versehen dagegenstößt, fällt ihm der Zaun entgegen. Auch Krügers Haus, eigentlich mehr eine Datsche, verfault allmählich. Lenni, ruft Ines, hast du die Schere gesehen? Er schaut nur flüchtig auf, sieht das Blau des Mantels herüberleuchten. Sie ist dabei, die Beete winterfest zu machen. Als sie hier eingezogen sind, war der Zaun gerade neu gesetzt. Am Rand fühle sie sich, hat Ines in letzter Zeit öfter mal gesagt, auch ein bisschen einsam. Am Rand? Einsam? Leute aus Ines' Chor und aus dem Bioladen sind doch zu Bekannten, manche sogar zu Freunden geworden, Peter und seine wechselnden Lebensgefährtinnen, Roloffs. Wenn sie zur »Langen Nacht« oder zu den »Rosentagen« hinunter nach Buckow gehen, kommen sie kaum voran vor lauter Bekannten; hallo hier, ein Weinchen dort. Hat sie vergessen, wie wohl sie sich an diesem Ort all die Jahre gefühlt haben? Oder hat nur er sich wohlgefühlt? Er überlegt, ob er Herrn Krüger anrufen soll wegen des Zaunes. Auf der Treppe hat sie vorhin gelegen, ruft er hinüber zu Ines.

Aber klar, denkt er, wie in der Stadt ist es hier natürlich nicht, das hätte sie wissen müssen, das weiß sie doch, die Kultur liegt nicht gleich um die Ecke. Kultur ist immer mit Planung verbunden, mit Zeitaufwand und Schlafmangel. Zwar gibt es ein Kino in Buckow, aber ein einziges Kino ist ihr vielleicht nicht mehr Auswahl genug, vielleicht will sie, statt sich zu begrenzen, ausufern, statt ihres guten, normalen Lebens endlich ein besonderes führen, so, wie sie sich das als Jugendliche erträumt hat, vielleicht kommt ihre Stockholmer Zeit nun wieder hoch. Ein Aufstand gegen das Gewöhnliche.

Als er den letzten Streifen Wiese entlang der Terrasse mäht, steht sie plötzlich vor ihm, stadtfertig, die Lippen rot geschminkt. Du fährst weg? Hast du nicht eben noch die Schere gesucht? Vor einer halben Stunde, lacht sie. Fällt ihr denn gar nicht auf, dass sie diesen grellroten Lippenstift nur auflegt, wenn sie zu Edda fährt? Sonst ist ja Zimt ihre Farbe, ein dezentes Braun mit nur einem Hauch Rot. Warte nicht auf mich, sagt sie, bin wahrscheinlich erst spät zurück.

Lea ordnet die Noten, immer wieder segelt ein Blatt zu Boden, sie bückt sich zwei, drei Mal, Mann, brüllt sie, komm, sagt er, zeig mal her. Die Klemme des Notenständers hängt lose, er zieht die Schraube mit dem Fingernagel fest. Er setzt sich wieder in seinen Sessel und blickt in den Wald hinunter, wartet, bis sie das Instrument gestimmt hat, bis sie endlich zu spielen beginnt.

Nachdem sie eingezogen waren, haben sie von Roloff und seinen Söhnen nicht nur die zwei hohen Tannen, sondern im Lauf der ersten Winter auch fast alle Kiefern fällen lassen. Erlöst von der dunklen, drückenden Übermacht des Nadelgehölzes, trieben die Buchen und Eichen danach deutlich üppiger aus. Er schlägt die Beine übereinander, kalte Füße, mit Brahms' Cellosonate setzt sie ein, er schließt die Augen.

Diese weichen Töne des ersten Satzes. Es ist ja nicht so, dass sie schlecht spielt, geht ihm durch den Kopf, es ist nur einfach anders als früher. Sie spielt technisch ordentlich, so etwas verlernt man wohl nicht, aber irgendwie fad. Lieblos schrammelt sie die Töne herunter. Es ist, als würde er während des Einkaufens von Musik belästigt. Es tut ihm weh, sie so zu hören. Mehr, weiß er aber, kann er nicht tun, er kann sie ja nicht zwingen, lustvoll zu spielen. Wie findest du dich selber, fragt er, als sie fertig ist. Sie zuckt die Schultern. Ist es eine solche Quälerei? Sie zuckt die Schultern. Halte durch, sagt er, bitte. Darf ich zu Peggy, fragt sie, er nickt.

Keine Ahnung, wie lange er da schon gesessen und in den Wald hinuntergestarrt hat, oder ist er eingeschlafen? Als Taxis Zunge über seine Hand fährt, zuckt er zusammen. Ihre Nase stupst ihn an, sie macht diese leisen Wimmergeräusche, die ihn immer zum Lachen bringen. Was will denn der Hund. Rausgehen? Sie wedelt.

Er hangelt sich seinen Pullover von der Ablage, Ines' Mantel fällt herunter. So abgewetzt, so zerschlissen. Eine ganze Weile hält er den Mantel in der Hand, bevor er ihn vorsichtig, als wäre er noch irgendwie kostbar, wieder an den Haken hängt. Na, dann komm, sagt er, im Gehen zieht er sich den Pullover über.

Freies Feld.

Auf der Höhe hinter ihrem Haus am Hang, ungeschützter kann ein Feld kaum sein, der Wind von Osten her im Winter. Als wäre er unversehens in der Heimat seiner Mutter gelandet, Polarkreis, Finnisch Lappland, karg und kalt, und schrumpft flugs in seine Kinderschuhe, Moonboots, geharschter Schnee unter dicken Sohlen, jeder Schritt ein Biss in Knäckebrot, krrsch, krrsch, krrsch. Der lange Pfad über die Ebene hinter dem finnischen Dorf. Ein Tier ist hier gegangen und danach ein Mensch und noch einer. Sein Onkel ist hier gefahren, um den Rentieren Heu zu bringen, breiter und breiter wird der Pfad allmählich zum Weg, überall liegen Halme verstreut. Er biegt ab. Quer stapft er über die weite, unversehrte schimmernde Fläche von Schnee, krsch, krsch, und dann.

Auf einmal.

Ist er ungeheuer allein.

Lässt man Taxi, wie sie will, trödelt sie. Wie sie zum Beispiel diese trockenen Stängel am Feldrand untersucht, überzogen von filigranen Gespinsten winzigster

Nebeltröpfchen, »Ruska Aika« für Altweibersommer, er kann nur ein paar wenige Brocken Finnisch, das bedauert er manchmal. Er lässt sie. Er unterwirft sich ihrem Zeitmaß oder vielmehr ihrem fehlenden Zeitmaß, der reinen Gegenwart. Er bleibt stehen, wo sie stehen bleibt, er wartet, bis sie den Halm von oben bis unten und ringsum beschnuppert hat, zwei Schritte geht und den nächsten Stängel einer genauesten Inspektion unterzieht. Die Gespinste bleiben kleben an Taxis feucht glänzendem Nasenspiegel.

Ihre totale Hingabe an die Gerüche. Ihr ganzer geisterhafter Körper bis in die Haarspitzen, das Taxihirn, bis in den hinterletzten Winkel wohl, ist erfüllt von diesen Gerüchen. Gern wüsste er, wie ihre Wahrnehmung die Partikel aufschlüsselt, ob sie am Ende ein Bild ergeben, das Bild eines anderen Hundes, eines Marders, einer Katze oder einfach in die Information über eine vergangene Anwesenheit münden: Hier gewesen. Der. Vorhin. Vor zwei Tagen. Kenne ich. Kenne ich nicht. Ob sie Gefährlichkeit oder Status des Tieres olfaktorisch erkennt und das in ihrem Innersten Furcht auslöst oder Behagen. Auf dem Rückweg hebt sie ab und zu den Kopf und hält die Nase fein vibrierend in einen Duftstrom, der wohl gerade über sie hinwegzieht. Dass Taxi weglaufen könnte, überlegt er, während er geduldig auf sie wartet, ist inzwischen undenkbar. So fraglos verlässlich sind sie miteinander verbunden.

Ein paar Wochen erst ist Taxi bei ihnen, da kommt er eines Abends heim und findet das Haus verlassen vor.

Alle Türen offen. Von ferne hört er Ines rufen: Taxi, Taxiii! Taxiii! Er holt die Taschenlampe aus dem Auto und geht dem Rufen nach, er findet Ines unten am See, kopflos durch die Dunkelheit stolpernd, die heulende Lea auf dem Arm. Sie seien spazieren gewesen, bekommt er endlich aus ihr heraus, vorne im Dorf, da sei ein Hubschrauber tief über die Häuser geknattert und Taxi einfach losgerannt, zum Glück, zum Glück nicht auf die Straße.

Hast du sie wieder freigelassen?, fragt er.

Längst hat er es aufgegeben, Ines zu bitten, Taxi zumindest im Dorf an die Leine zu nehmen oder aber mit ihr nicht mehr in die Nähe der Hauptstraße zu gehen, auch wenn dort nicht wirklich viel Verkehr ist. Felsenfest ist sie davon überzeugt, dass man dem Hund keinen Zwang antun dürfe. Bei Lea ist sie ja eher streng und sehr vorsichtig, umso weniger versteht er diese kategorische Weigerung, den Hund in irgendeiner Form zu begrenzen. Es ist doch nur zu seinem Schutz, hat er sie immer wieder beschworen, und stell dir bloß mal vor, Taxi rennt in ein Auto und Lea ist dabei. Das wird nicht passieren, sagte sie, ganz sicher nicht, Welpen haben einen natürlichen Folgetrieb, darauf ist Verlass.

Und was hat der Hund jetzt von seiner Freiheit?, schreit er sie an. Was hat er davon, wenn er unter ein Auto gerannt ist, nur weil du ihm deine blödsinnige Freiheit aufzwingen musstest. Taxiii, schreit Lea und bringt ihn wieder zur Besinnung, nein, sagt er und streicht ihr übers Haar, Papa redet Unsinn, Taxi lebt, sie schläft hier irgendwo im Wald, wir werden sie finden, ganz bestimmt. Ja hoffentlich, denkt er, hoffentlich finden wir sie, und hoffentlich finden wir sie lebend.

Da streift das Licht seiner Taschenlampe seitlich des Weges einen irritierend pelzigen Stein, halt!, sagt er. Zitternd, zusammengerollt, liegt Taxi vor ihnen in einer Kuhle. Als der Lichtstrahl sie trifft, duckt sie sich noch tiefer, macht sich noch kleiner. Er richtet die Lampe woandershin. Taxi, sagt Ines, wir sind es doch, wir.

Sie schiebt ihm Lea in den Arm, kauert sich hin, klaubt den kleinen Hund aus der Kuhle und presst ihn sich an die Brust. Schau, sagt sie zu Lea, schau, sie hat auf uns gewartet, sie wusste, dass wir kommen. Augenblicklich versiegen Leas Tränen, und das tieftraurige Gesichtchen seiner Tochter füllt sich mit Freude. Mit einer so puren, ernsten Freude, wie er sie kaum je auf einem menschlichen Antlitz gesehen hat. Wie sie die Hand ausstreckt und ganz vorsichtig, ganz sachte, Taxis Fell berührt.

Taxi? Der Hund hält inne, hebt den Kopf und schaut ihn an. Taxis Vertrauen, merkt er, beruhigt ihn fundamental. Wie ein Wunder kommt ihm das vor, wie der Blick in einen paradiesischen Zustand. Wie es sein könnte. Etwas Ähnliches musste Lea gespürt haben. Unschuld.

Dreimal die Woche, nicht selten auch viermal, fährt Ines jetzt direkt von der Arbeit zu Edda und bleibt bis spätnachts. Im Chor singt sie nur noch gelegentlich, Brecht-Weigel-Haus und Bioladen haben sie zwar nicht direkt rausgeschmissen, ihr aber nahegelegt, sich zurückzuziehen; zu oft hat sie Termine nicht eingehalten. Warum, fragte er sich, ist sie eigentlich nicht vollkommen fertig bei dem Pensum? Bei der Hin-und-her-Fahrerei. Arbeit, Edda, Familie, Edda, Edda. Stattdessen haben nicht nur ihre Augen an Glanz gewonnen, die ganze Ines wirkt straffer, funkelnder, ja, glücklicher. Wie eine permanente Ekstase kommt ihm ihr Zustand vor. Früher hat sie sich von Erwartungen erdrückt gefühlt, jetzt scheint sie nicht mehr ohne sie auszukommen.

Er selber hingegen wird immer erschöpfter, immer gereizter. Was ihm vertraut war, worauf er bisher glaubte sich verlassen zu können, scheint ihm durch die Finger zu rinnen. Oder ist er einfach nur gekränkt? Weil ihr Glück offenbar nichts mit ihm zu tun hat? Beleidigte Leberwurst? Anpassungsstörung? Sie glücklich zu sehen, sollte ihn doch glücklich machen.

Wie läuft's mit dem Projekt, fragt er sie an einem freien Abend, super, sagt sie, großartig, und nichts weiter. Er bohrt nach, sie wechselt das Thema. Da ist er zum ersten Mal ernsthaft beunruhigt. Ohne dass er hätte sagen können, warum genau.

Und dann beginnt Edda auch an den Abenden anzurufen, an denen Ines zu Hause ist. Scheinbar dringende Sachen, die unbedingt Ines' Anwesenheit erfordern. Einmal um halb sieben, Ines ist eben von der Arbeit gekommen, macht sie auf dem Absatz kehrt. An einem anderen Abend um Viertel nach zehn, schon bettfertig, zieht sie sich eilig wieder an und fährt in die Stadt. Aus freien Stücken, wie sie sagt, niemand zwingt mich.

Die Sonne scheint quer über seine Brust, Ines' Kopf liegt auf seinem ausgestreckten Arm, sie riecht wieder so verdammt gut. Na, wie geht's uns denn heute?, flüstert er ihr ins Ohr, leise klingt Musik aus Leas Zimmer, ein Eichelhäher schnarrt im Nussbaum vor dem Fenster, kurz muss er an Jasper denken und findet nichts an alldem kitschig, er findet es gut, genau richtig, so, wie es ist. Mit den Fingerspitzen streicht er über Ines' nackten Arm, sie schauert zusammen. Kitzelt das?, fragt er, sie lacht, nein, oder ja, ein bisschen. Immer wieder wundert er sich, dass ihre Haut die Farbe des Sommers so lange behält, ein ins Oliv tendierendes sattes Braun, einmal, ganz zu Beginn ihrer gemeinsamen Zeit, hatte er sie gefragt, ob sie eigentlich ins Solarium gehe. Natürlich nicht, kicherte sie und erzählte ihm von dem Sizilianer, mit dem irgendjemand in ihrem Zweig der Familie angeblich irgendwann einmal fremdgegangen war, Mafia, hatte er gerufen und sie gepackt, sie hatten miteinander gekämpft und danach miteinander geschlafen, und er weiß bis heute nicht, ob das mit dem Sizilianer stimmt, ihre blauen Augen sprechen dagegen.

Er nimmt ihre Hand und legt sie flach auf seine.

Längst lackiert sie ihre Fingernägel nicht mehr, ihre Hände sind über die Jahre etwas fleischiger geworden, faltiger, er flicht seine Finger zwischen ihre und schließt die Hand. Eine Weile liegen sie so da, er genießt die Berührung, die Wärme, ihre Nähe.

Da klingelt ihr Handy.

Hastig löst sie ihre Hand, greift hinüber zum Nachttisch, wirft einen Blick auf das Display, dann einen bedauernden Blick zu ihm, da muss ich kurz rangehen, murmelt sie und hält sich das Ding ans Ohr.

Früher war ihr Handy nachts immer ausgeschaltet. Aber früher haben ja auch die Abende ihnen gehört, die Wochenenden und vor allem: die Morgenstunden. *Wie geht's uns denn heute?*, hat Ines irgendwann einmal gefragt, und seither ist dieser Satz zu einer beinah rituellen Eröffnung geworden; was sich während der Woche angesammelt hat an Frust, an Freude wird an diesen Morgen besprochen, beweint, beschimpft oder auch beschwiegen. Geborgen in der Wärme und Sicherheit ihres Bettes, in der Stille der frühen Stunde.

Mein Gott, Edda, sagt Ines, ja, ja klar, kein Problem, bis gleich. Er sieht auf die Uhr, gerade mal halb acht. Gibt es für dich eigentlich auch noch ein anderes Wort als Ja, fragt er, wenn es um diese Frau geht? Deine Nachgiebigkeit ermuntert sie doch geradezu, immer noch einen Schritt weiter zu gehen, weiter und weiter, unterbrechen muss man das, hättest du jetzt nicht einfach mal

Nein sagen können? Sie blickt ihn verständnislos an. Als habe er eben von ihr verlangt, aufzuhören zu arbeiten und nur noch Hausfrau zu sein. Edda habe eine Lumbago und müsse bis vierzehn Uhr noch ein Bücherregal abholen, ist doch klar, dass ich ihr helfe, sagt sie, ist doch selbstverständlich.

Ich komme mit, sagt er.

Super, sagt sie.

Wie ein Stich trifft ihn ihre schlecht kaschierte Ablehnung, falsch hat dieses Super geklungen, verlogen. Wie ein Stich in die weichsten Teile seiner Person – Kinder, die sich einen Ball zuwerfen, und plötzlich beschließen zwei der Kinder, den Ball dem dritten nicht mehr zuzuwerfen. Ich sage noch eben Lea Bescheid, sagt er rau, wir sind ja bald wieder da.

Sie nehmen sein Auto, weil es vorne steht. Bauer Roloff ist gerade dabei, den Traktor samt zwei Anhängern, hoch beladen mit dampfendem Mist, auf das enge Sträßchen zu manövrieren, er gibt ihm mit der Lichthupe ein Zeichen. Musste das jetzt sein, sagt Ines, demonstrativ drapiert sie sich ihren grünen Seidenschal vor Mund und Nase, es stinkt wirklich, er spürt, wie Ines von Minute zu Minute nervöser wird. Sobald Roloff hinter dem Dorf auf eines seiner Felder abgebogen ist, gibt er Gas, die Landstraße ist schnurgerade und frei.

Vor Eddas Haus ist alles zugeparkt. Eine ganze Weile schleicht er die Große Hamburger rauf und runter, klappert die Seitenstraßen ab, um dann fast vor ihrem ehemaligen Zuhause an der Neuen Schönhauser eine Lücke zu finden. Wollen wir noch kurz schauen gehen, fragt er, wie es in unserem alten Hinterhof jetzt aussieht? Sie schüttelt den Kopf. Die paar Schritte zu Edda rennt sie beinahe; dass sie einen Schlüssel hat, irritiert ihn.

Edda liegt auf dem Sofa, unter die Knie hat sie sich einen Stapel Kissen gestopft, sie sieht leidend aus, schwach, sofort hat er den Eindruck einer Inszenierung, aber sofort hat er auch den Drang, ihr beizustehen. Ines öffnet ihren Hausbesuchskoffer und macht die Injektion fertig.

Erst ein Mal ist er kurz hier gewesen. Als sie Edda zur Fahrt nach Hamburg abholten. Dunkler und kleiner hat er die Wohnung in Erinnerung, aber es war ja auch früher Morgen und noch nicht ganz hell. Altbau, hohe Räume, komplett rot gestrichen, ein glänzendes Oxydrot, oder eher Rubinrot? Oder Blutrot? Auf dem Tisch steht ein Samowar, an drei Wänden ziehen sich Bücherregale aus Eiche bis unter die Decke, blank poliertes Parkett, kein Fernseher, kein Computer, nur ein altes Radio entdeckt er auf einem Regal und ein altes Telefon auf dem Fenstersims. Die Wohnung ist eingerichtet wie ein Kleinod aus Sowjetzeiten, oder nein, wie die Fantasie eines Kleinodes aus Sowjetzeiten, irgendwie überzeichnet, das Typische zu sehr betont, Sowjetkitsch, wenn es so etwas gibt, dazu passt auch das Bild über dem Sofa, früher Sozialistischer Realismus, schätzt er, Propagandakunst, Bauern auf dem Feld. Das sei von Aenne, Aenne Weisbrod, sagt Edda, die seinem Blick offenbar gefolgt ist, Set-Designerin und Malerin, mit ihr arbeite sie schon viele Jahre zusammen. Nächste Woche übrigens habe Aenne eine Ausstellung, ihr kommt doch? Ja klar, sagt Ines und sieht zu ihm, du kannst doch am Freitag. Oder hast du Bereitschaft? So offen, so ganz selbstverständlich klingt diese Einladung jetzt wieder, er ist dankbar dafür, er freut sich, er fragt sich, ob er es sich nur eingebildet hat, mehr und mehr ausgeschlossen zu werden.

Bald nach der Spritze kann Edda sich aufsetzen. Ines ist verschwunden, aufs Klo gegangen, hat er angenommen, nun aber hört er sie in der Küche hantieren, Frühstück, ruft sie gleich darauf.

Ines hat erzählt, sagt Edda, einen Schluck Kaffee nehmend, du hättest eigentlich Karriere in der Forschung machen wollen? Ines ist jetzt dabei, das Geschirr abzuwaschen, das in Stapeln neben der Spüle steht, sie hasst es, Geschirr abzuwaschen. Hat sie Edda, fragt er sich, wirklich von dieser Sache erzählt? Dieser Sache, an die er nie mehr erinnert werden wollte, Ines weiß das. Was hat sie dieser Frau sonst noch erzählt? Während er in Eddas klare grüne Augen blickt, während er deren kalte Festigkeit zu durchdringen sucht, fragt er sich, was er alles nicht sieht. Was ihm bisher entgangen ist. Er fragt sich, warum sie eigentlich Ines angerufen hat und nicht den Notarzt. Warum ihr nicht jemand anderes aus ihrem Theaterkollektiv hilft, das Bücherregal zu holen. Jemand, der näher wohnt. Ist all das vielleicht Teil einer Prüfung, ob Ines jederzeit bereit wäre, ihr eigenes Leben stehen und liegen zu lassen? Was geschähe wohl, wenn Ines sich weigern würde? Ihm ist, als läge in Eddas Hilflosigkeit Berechnung. Nein, er traut ihr nicht. Ständig ist er auf der Hut. Als warne ihn irgendein Instinkt, den er nicht näher benennen kann, ein Relikt aus vorvergangenen Zeiten, jenseits von verletzter Eitelkeit oder banaler Eifersucht, ein überlebenswichtiges Gespür für Bedrohung.

Edda sitzt auf der Rückbank und hält die längeren Teile des Bücherregals fest. Sie fahren auf dem Adlergestell Richtung Treptow, wenig Verkehr für einen Samstag, er legt seine Hand auf Ines' Knie, sie legt ihre Hand auf seine und drückt sie. Was hältst du davon, fragt er mit einem Blick in den Rückspiegel, wenn du wieder mal zu uns rauskommst, nächstes Wochenende zum Beispiel, oder, Ines? Keine Ahnung, warum er das sagt. In Wahrheit will er auf gar keinen Fall, dass Edda wieder mal zu ihnen herauskommt. Spielt es eine Rolle, was er will? Könnte er, wie er will, würde er die Zeit zurückdrehen. Er würde Ines' Wunsch respektieren und nicht anhalten, nachts auf der Landstraße, er würde links blinken, runterschalten, das Gaspedal bis zum Boden durchdrücken und an dem kleinen liegen gebliebenen Auto vorbeirauschen.

Rechter Hand, beim sowjetischen Ehrenmal, stehen ein paar Reisebusse, Menschentrauben bewegen sich Richtung Eingang, ein Paar steht abseits, eng umschlungen, das würde sie freuen, sagt Edda, nächstes Wochenende sei perfekt, da klingelt Ines' Handy. Lea? Ja, Papa ist hier, aber er fährt, du kannst es doch auch mir sagen. Eine Weile hört sie zu, Leakind … sagt sie dann, und sofort hört er Lea brüllen, Ines weiß doch genau, dass sie nicht mehr »Leakind« genannt werden will, warum … Lea, sagt sie, sich das Handy direkt vor den Mund haltend, Lea! Jetzt beruhige dich ... das ist doch wirklich kein Grund ... wir reden darüber, wenn wir zurück sind, ja? Nimm dir ein Eis aus dem ... aber da hat Lea wohl schon aufgelegt. Diese Peggy! Unser Kind heult, weil die Tochter einer Nagelstylistin mehr Freunde auf Facebook hat als sie. Ines!, sagt er. Ist doch wahr! Und von diesem Tattoo hat sie wieder angefangen, sie steigert sich da richtig rein, ehrlich jetzt, seit sie mit diesem Mädchen verkehrt, ist sie einfach anders, irgendwie nicht mehr sie selber, siehst du das denn nicht, das musst du doch auch sehen. Er tritt auf die Bremse. Der Sprinter vor ihm ist an der Ampel angefahren und hat gleich wieder gebremst. Ein Packen Regalbretter ist nach vorne gerutscht. Alles unter Kontrolle, lacht er, alles bestens. Schrei nicht so, sagt Ines.

Schreien Sie nicht so, sagt der Staatsanwalt. Ich schreie nicht, schreit er, schließlich geht es um sein Leben, so kommt es ihm vor. Nach und nach hat er die Kontrolle verloren, über ihn scheint nur noch von anderen entschieden zu werden. Das hält er nicht aus, nicht mehr lange. Der Körperverletzung angeklagt. Er, Post-doc, jemand, der immer so sorgfältig, so gewissenhaft und sich seiner Verantwortung bewusst gehandelt hat. Ich habe doch alles richtig gemacht, sagt er sich Dutzende Male. Jede Möglichkeit ausgeschöpft, wie oft ist er die Unterlagen schon durchgegangen; die Studie ist ja lückenlos dokumentiert, im Einklang mit der Helsinkier Erklärung, lex artis etcetera. Er starrt auf die Blätter vor sich in der Mappe, blättert, starrt. Hat er etwas übersehen? Nein. Die Patientin ist austherapiert gewesen, er hat ihr keine Standardtherapie vorenthalten. Der Richter hat eine merkwürdig hohe Stimme. Was sagt dieser bärtige Mann, dieser hoch aufgeschossene alte, bärtige Mann dort vorne. Menschenversuche? Manipulation? Ethische Grauzone, medizinisches Lügen. Problematisch. Moralische Schuld. Auch der Richter scheint auf der Gegenseite zu stehen, alle stehen auf der Gegenseite.

Nein, schreit er.

Er wird zwar freigesprochen am Ende dieses Tages, aber etwas ist verrutscht in seinem Kopf. Gratuliere, sagt Jasper und klopft ihm auf die Schulter, was anderes war ja auch nicht zu erwarten, wie von ferne hört er ihn, gedämpft, zu leise.

In den folgenden Wochen fühlt er sich angegafft. Er fühlt sich gemieden. Als würde er von seiner Herkunft eingeholt, als wäre ein sorgsam vertuschter Betrug nun endlich aufgeflogen. Das ist doch Unsinn, sagt Ines, du steigerst dich da in etwas hinein. Er selber beginnt an der ethischen Unbedenklichkeit seines Tuns zu zweifeln. Hör auf damit, sagt Jasper.

Er aber nimmt diesen Prozess zum Anlass, sich aus der Forschung zurückzuziehen, vorerst zumindest, so schnell gibt man nicht auf, sagt Jasper, offensichtlich enttäuscht von seinem Chef. Auch Ines kann ihn nicht umstimmen, es kommt mir fast so vor, sagt sie, als ob du bloß irgendeinen Vorwand suchen würdest, aufzuhören. Sie hat recht. Wie immer.

Lebt sie dort eigentlich allein?, fragt er auf dem Heimweg. Ines schüttelt den Kopf. Nein, mit all den Leuten, die zum Kollektiv gehören, das ist ja eine Art Familie, die gehen da ein und aus. Und natürlich mit Rüdiger, fügt sie hinzu, ihrem Lieblingsmenschen, der ist aber gerade mit einem Stipendium in Kalifornien, Fotograf. Niemand hat bisher diesen Rüdiger erwähnt, seltsam erleichtert ist er, dass Edda offenbar in einer festen Beziehung lebt. Vielleicht auch, dass es eine heterosexuelle Beziehung ist, obwohl er natürlich weiß, dass so etwas sich jederzeit ändern kann. Lieblingsmensch, lacht er, zufällig gerade, als sie die Stelle passieren, an der Edda damals liegen geblieben ist.

Lea sitzt vor dem Fernseher, neben ihr auf dem Sofa, lang ausgestreckt, Taxi. Na endlich, sagt sie, wo wart ihr denn jetzt noch so ewig? Fernsehen, das weißt du, sagt Ines, nimmt die Fernbedienung und schaltet das Gerät aus, gibt's erst am Abend. Hast du dich wieder beruhigt wegen Facebook? Warum, ich hab mich doch gar nicht aufgeregt. Nein, nein, sagt Ines, gar nicht, willst du nicht mal wieder ein Buch lesen? Auch du hast doch schon lange kein Buch mehr gelesen, denkt er, was redest du denn die ganze Zeit auf das Kind ein. Sosehr er sich wünscht, sie vermöchten auf Lea noch irgendwie günstig einzuwirken, so sinnlos kommt ihm Ines' Gerede gerade vor. Hast du geübt?, bohrt sie weiter, na los, sagt sie und streicht ihr durchs Haar, geh hoch und übe noch ein bisschen.

Mann, faucht Lea, lass das!

Wie müde er ist.

Als hätte ihn diese Fahrt in die Stadt zu Tode erschöpft. Er lässt sich in seinen Sessel fallen. Auf dem Beistelltisch liegt der Jirgl, *Abtrünnig*, er hat das Buch nur wegen des Titels gekauft, er ist noch nicht einmal bei der Hälfte, er kommt nicht oft zum Lesen, und immer wenn er das Buch dann doch aufschlägt, hat er ein schlechtes Gewissen, weil er eigentlich in der Zeit auch Fachartikel lesen könnte. Er nimmt das Buch und legt die Füße auf den Sessel gegenüber.

Ines beginnt das Abendessen vorzubereiten, von oben kommen jetzt Töne. Musik kann man das leider kaum nennen, ein gequältes, immer wieder unterbrochenes Geschrammel. So geht das nicht, denkt er, so geht das eben auch nicht, dann soll sie es halt lassen. Im Glanz der Scheibe sieht er sein Spiegelbild, schemenhaft, etwas verzerrt, durchsetzt von einem Licht auf dem dunklen See, ein einzelnes schwankendes Licht, wahrscheinlich Ben, der Fischer. Das Licht bewegt sich quer über die lackschwarze Fläche Richtung Brecht-Grundstück.

Vor zwei Wochen ist er zu einem Notfall dorthin gerufen worden, eine junge Frau war während eines Detox-Wochenendes kollabiert. Als sie auf den Krankenwagen warteten, erzählte ihm eine spirituell aussehende Person in violettem Gewand, wie sehr sie Brechts Vibe noch immer spüre in diesem Gemäuer. Dabei, konnte er sich nicht verkneifen zu denken, ist das eher kein Gemäuer, sondern eine lausig zusammengestoppelte Datsche, in der die Brechts, so scheint es ihm, den Sommer über mehr hausten als residierten.

Auch dieses, ihr Haus am Hang, ist einmal ein Sommerhaus gewesen. Wie Ines wochenlang herumgefragt und Archive durchforstet hat. Hinter Fotos war sie besonders her, einen ganzen Stapel hatte sie schließlich zusammengetragen, in einer alten Keksdose bewahrt sie sie auf, oben in ihrem Arbeitszimmer.

Schau mal, hatte sie ihm damals eines unter die Nase gehalten, darauf war der Hang noch unbewaldet und ihr Haus von der anderen Seeseite ganz deutlich zu erkennen. Verblüffend fremd wirkte die ganze Gegend, sieht aus wie in einem Alpenvorland, fand er, keinesfalls wie in Brandenburg. Auf der Rückseite war mit Bleistift die Jahreszahl vermerkt, 1914, da muss es gerade fertig geworden sein, sagte Ines.

Auf einem anderen, späteren Foto trägt das Haus einen Namen: Haus Helga. Das war die Rademacher-Zeit, wusste Ines. Nachdem der jüdische Architekt, der das Haus gebaut hatte, emigriert war, sei es von einem ss-Funktionär als Sommerhaus genutzt worden, dem Rademacher.

Nach dem Krieg, das wiederum hatte Herr Krüger erzählt, sei es von Uwe Völz, einem Rückkehrer aus der Gruppe Ulbricht, und seiner Familie übernommen worden; sein Vater habe den alten Völz ja noch richtig gekannt, er selber sei damals erst ein kleiner Bub gewesen und könne sich nicht an ihn erinnern, nur, dass er so ein großes Auto gehabt habe und immer schön mitten auf dem Sträßchen geparkt, lachte er, musste ja sonst keiner vorbei …

Völz, von Beruf eigentlich Schauspieler, habe unter russischem Pseudonym Romane geschrieben, fürchterlicher Kitsch, lachte Krüger. Brecht sei manches Mal zu ihm zu Besuch gekommen, im Garten hätten die beiden gern gesessen, geraucht und geschwiegen, unter dem Apfelbaum, der damals noch Früchte getragen habe, und die Heli. An die Heli erinnere er sich gut, die Heli sei eine ganz Feine gewesen, gar nicht eingebildet oder überheblich.

Nach Uwe Völz' Tod mit fast hundert Jahren sei der Sohn, Andrej Völz, auch er Schriftsteller, dann ganz hier herausgezogen, bis Mitte der Neunziger die jüdische Erbengemeinschaft das Haus zurückgefordert habe, und den Rest, lachte Herr Krüger, kennen Sie ja.

Die Romane der Völz' hatte Ines zusammengekauft, sie standen dort drüben im Regal; wie zuvor die Romane des Vaters im Osten hatten auch die Romane des Sohnes, nun im Westen, viele Preise gewonnen.

Was liest du, fragt Ines.

Es riecht nach Lauch und Käse. Über ihrer Schulter hängt ein kariertes Küchentuch, sie schiebt seine Füße beiseite und setzt sich auf den Sessel, ganz vorne auf die Kante, so, als wollte sie gleich wieder aufstehen. Riecht gut, sagt er, danke fürs Kochen, ich räum dann hinterher auf. Sag doch, was liest du?, wiederholt sie. Vor ein paar Tagen hat sie das schon gefragt, erinnert sie sich nicht daran? Jirgl, sagt er, *Abtrünnig*. Er dreht das Buch um, damit sie den Titel sehen kann, aber auch das Cover sagt ihr nichts. Lohnt es sich, fragt sie, sollte ich es lesen? Auch das hat sie doch schon gefragt, wundert er sich. In der nächsten Woche, sagt sie, ohne eine Antwort abzuwarten, habe sie jedenfalls keine Zeit. Montag-, Dienstag- und Donnerstagabend Edda, Mittwoch Spätdienst, Freitag sind wir bei Aenne in Berlin, Samstag kommt Edda, und Sonntagnachmittag müssen wir ja zu Leas Filmpremiere.

Kurz vor Weihnachten, er steht in ihrer Küche in Kreuzberg und backt Kekse. Den ganzen Tag ist es nicht richtig hell geworden, immer ist er froh, wenn am Abend die Dunkelheit endlich normal wird. Ich muss noch was für morgen fertig machen, hat Ines gesagt und ist hinüber ins Zimmer gegangen. Findet er ja super, ihr Engagement für *Egalität im Studium*, aber die Verpflichtungen sind in letzter Zeit immer mehr geworden. Ständig ist sie auf Sitzungen und Demos unterwegs, organisiert Aktionen, tippt Manifeste oder Artikel. Alle wollen etwas von ihr. Klar, schließlich hat sie diese Frauengruppe ja mitgegründet, aber vielleicht … da hört er ein Klirren. Kurz darauf einen dumpfen Schlag, wildes Gefluche. Er stürzt hinüber, was ist? Sie habe, sie heult beinahe, aus Versehen ihr Wasserglas vom Tisch gewischt, dann habe sie die Scherben aufheben wollen und sei mit dem Hinterkopf gegen die Tischkante gestoßen. Er gibt sich Mühe, nicht loszulachen. Sie steht vor ihm mit hochrotem Gesicht. Knallt dann das Notebook zu, geht zum Telefon, wählt, wartet ungeduldig, bis jemand abnimmt, und als wäre ihre Gesprächspartnerin schuld an ihrer Überforderung, faucht sie ihren Rücktritt in den Hörer. Danach zieht sie sich an und geht. Bricht zu einer ihrer Wanderungen auf.

Meine Güte, sagt er, niemand zwingt dich, dieses Buch zu lesen. Er wartet darauf, dass ihr alles zu viel wird. Dass sie wieder ansprechbar wird, dass sie zurückkehrt in das Leben, den Alltag, den er zumindest bisher für gut und richtig gehalten hat. Dunkel, kehlig hört er da ein Lachen, es klingt wie Eddas Lachen, aber es kommt aus Ines' Mund. Er reibt sich die Augen, die Schläfen, ist das in seinem Kopf, hat sich in seiner Wahrnehmung etwas verschoben? Was hast du, sagt sie, was schaust du so?

Du schläfst zu wenig, sagt er. Seit einer halben Stunde steht Ines nun schon vor dem Spiegel und versucht ihre dunklen Schatten unter den Augen mit Schminke zu kaschieren. Sie zuckt die Schultern. Wollen wir? Unter ihren Augen sind statt dunkle jetzt helle Flecken. So kannst du aber nicht aus dem Haus, sagt er. Genervt reißt sie ein Tuch aus dem Spender und tupft die überschüssige Farbe ab. Besser so?, fragt sie und schaut ihn durch den Spiegel an, sie trägt ein enges braunes Trägerkleid über einer weißen Bluse, er legt ihr von hinten sein Kinn auf die Schulter, ja, sagt er, viel besser, apart sieht sie aus, zauberhaft zäh und gleichzeitig zerbrechlich, er mag das sehr.

Diese Woche ist sie schließlich doch nur einmal zu Edda gefahren. Aber statt die freien Abende zu genießen, war sie permanent gereizt, und in den Nächten schlief sie kaum, unruhig wälzte sie sich hin und her, stand auf, ging hinunter oder hinüber in ihr Arbeitszimmer, er hörte sie die Schubladen aufziehen. Er hörte das alte Sofa knarzen. Er hörte sie zurück ins Schlafzimmer kommen. Was ist denn los, fragte er endlich. Sie habe Kopfschmerzen, sagte sie, solche Kopfschmerzen. Sie hat schon früher gelegentlich Kopfschmerzen gehabt, deswegen glaubte er ihr. Er war froh, dass sich jetzt doch Zeichen der Überforderung zeigten, und er war erleichtert, dass sie auf sich selber achtgab und zu Hause blieb.

Papa?, sagt Lea. Sie steht an der Tür. Du bist noch hier?, fragt er. Wieder hier, Peggy ist krank. Blöd, sagt er, was meinst du, können wir trotzdem nach Berlin fahren? Ja klar, sagt sie, ich nehm dann einfach Taxi mit rein.

Die Galerie Monstermother liegt in einer zugemüllten verlassenen Gegend nahe dem Westhafen, selbst das Navi findet die Adresse nicht. Eigentlich sei es gar keine richtige Galerie, plaudert Ines, mehr so etwas wie eine Guerilla-Galerie, eine Pop-up-Galerie, die Betreiber:innen, Freund:innen von *arbeite & warte*, zögen von Ort zu Ort, wo sie sich eben gerade günstig einmieten könnten, das gehöre zum Konzept, die jeweiligen Orte würden Eingeweihten per SMS oder Whatsapp mitgeteilt.

Obwohl sie eigentlich zu spät sind, sind sie zu früh.

Der hallenartige Raum ist noch weitgehend leer. Mächtige alte Maschinen sind in den Boden gelassen, der Putz an den Wänden ist schadhaft, teilweise abgeschlagen, auf den Resten, flüchtig rot grundiert, hängen die Werke. Großformatige Gemälde zeigen Menschen in Fabriken, vor Schloten, in Laboren, auf Feldern, detailreich ausgearbeitet. Er wundert sich. Er wundert sich über den ungebrochenen Realismus, so kann man doch heute nicht mehr malen, oder vielleicht verstehe ich einfach zu wenig von Kunst und erkenne nicht, was daran besonders ist. Lenni?, hört er Ines' Stimme hinter sich, er dreht sich um, ich möchte dir Aenne vorstellen, Aenne Weisbrod. Sie hat den Arm um die Schultern einer Frau gelegt, eine kindhaft kurze Person, derber Rock, weiße Bluse, bis oben hin zugeknöpft, an ihr wirkt diese uniforme Kleidung wie ein Mummenschanz. Aenne, sagt Ines, das ist Lenni, mein Lieblingsmensch. Er lächelt, nickt, hält der Frau die Hand hin, sie beachtet sie nicht, ja, denkt er, wie unpassend, hohles Symbol aus der Spießerwelt. Aber umarmen möchte er sie auch nicht. Freut mich, sagt er, einfach toll dieser Sozialistische Realismus, so etwas muss man erst mal können.

In dem Moment betreten mehrere Leute laut diskutierend den Raum, kommentarlos dreht Aenne sich um und geht auf sie zu. Auch Edda ist in dem Pulk. Ein knapper Blick trifft ihn, kein Zeichen des Erkennens. Samt ihrem Gefolge bewegt sie sich zu einer Bar, die in einem Annex am anderen Ende der Halle aufgebaut ist. Ines' sofortige Veränderung ist verblüffend; ihr Körper strafft sich, sie blinzelt, zigmal streicht sie sich mit beiden Händen gleichzeitig das Haar hinter die Ohren, und immer wieder geht ihr Blick in Richtung des Nebenraums. Komm, sagt sie forciert munter, bemüht, sich nichts anmerken zu lassen, machen wir einen Rundgang.

Wie geht es eigentlich deinem Kopf, noch Schmerzen?, fragt er. Besser, sagt sie, ich habe eine Tablette genommen. Da und dort bleiben sie vor einem Bild stehen, gefällt's dir?, fragt sie, während sie nicht bei ihm ist, während sie an ihm vorbei permanent mit den Blicken den Raum absucht. Edda und die anderen, sieht er, sind nicht mehr an der Bar, auch sonst kann er sie nirgends entdecken. Ja, doch, sagt er, wo bist du eigentlich mit deinen Gedanken? Sie passen zu ihr, sagt sie statt einer Antwort, etwas kryptisch, ich meine, sie malt genau die Bilder, die sie malen will, kompromisslos, das finde ich gut.

Dann muss sie aufs Klo.

Er holt an der Bar einen Wodka und einen Weißwein für Ines. Er lehnt sich an eine der Maschinen. Der Raum ist jetzt ziemlich voll, überall stehen Gruppen und Grüppchen zusammen, ein lautes Murmeln liegt in der Luft, es wird geraucht, getrunken. Eine ganze Weile steht er so, nippt kleine Schlucke, wo ist eigentlich Ines?

Er findet sie draußen vor dem Eingang bei Edda und den anderen stehen, in ein lebhaftes Gespräch verwickelt, er stellt sich schräg hinter sie, will nicht stören. Formend und bindend sei diese Gestaltung, sagt Aenne gerade, unbedingt geeignet zu einer radikal-revolutionären Um- und Ausformung, da greife ja alles ineinander, Malerei, Sprache, Musik, Wissenschaft, Ines, die Hand unterm Kinn, nickt, sie spüre eindeutig die Kraft, beginnt sie, noch nie habe sie eine solche Kraft von einem Kunstwerk ausgehend gespürt, geradezu physisch, Aenne beginnt seltsam albern zu giggeln, wir sollten, sagt Edda, noch kurz über die Mielno-Details reden, dann reden sie über eine Intensivphase, was auch immer das heißen mag, die in diesem Mielno, in Polen, vermutet er, stattfinden soll, im Durchgang zur Halle entsteht eben eine Unruhe, fast ein Tumult, jemand singt, jemand anders hat offenbar etwas dagegen, warum, kann er nicht ausmachen.

Als ihn gefühlt ewig niemand zu bemerken scheint, stellt er Ines' Wein auf einen Sims, geht ein Stück weg und ruft

Lea an. Von der Hauptstraße herüber hört er jetzt den Verkehr, ein Krankenwagen oder die Feuerwehr heult vorbei, all die städtischen Lichter färben den Himmel orange, es klingelt lange, und dann springt die Mailbox an.

Das kann doch nicht sein.

Immer, immer hat sie ihr Smartphone griffbereit. Er wartet ein paar Minuten und versucht es erneut. Er sieht, dass das Edda-Rudel verschwunden ist. Dann versucht er es auf dem Festnetz. Vergebens. Und plötzlich hat er diese Ahnung. Plötzlich glaubt er, dass etwas nicht in Ordnung ist, dass etwas gerade geschieht oder schon geschehen ist, dort, in ihrem einsam gelegenen Haus am Hang, niemals hätten sie Lea allein lassen dürfen, unverantwortlich ist das, auch wenn sie eigentlich alt genug ist, mal einen Abend allein zu Hause zu bleiben. Falsch, ganz falsch, ihr Haus liegt einfach zu abgelegen, niemand würde Schreie hören, niemand würde schnell genug zur Stelle sein. Er geht, er rennt nach drinnen, wühlt sich durch die jetzt übervolle Halle, sucht, sucht, findet endlich Ines und die anderen, wir müssen nach Hause, stößt er hervor, Lea geht nicht ans Telefon.

Sie sieht ihn an. Wie sie ihn ansieht.

Und deswegen müssen wir nach Hause?, fragt sie ruhig, mir fallen mindestens zehn Situationen ein, wo sie auch nicht ans Telefon gegangen ist. Oder vielleicht hat sie keinen Empfang, hast du es auf dem Festnetz probiert? Wie alt ist euer Baby, spöttelt Edda, vier?

Lenni, sagt Ines und legt ihm die Hand auf den Arm, Lenni, komm runter. Versuch es in einer halben Stunde noch mal. Der Kreis formiert sich wieder, sie reden weiter, wie ein winziger, ganz und gar unbedeutender Exoplanet steht er da am Rand, stimmt, denkt er, das muss wirklich nichts heißen. Dennoch. Er neigt nicht dazu, sich unnötig Sorgen zu machen, umso mehr beunruhigt ihn diese, diese … Ahnung, man hat doch einen Instinkt, einen Eltern-, einen Vaterinstinkt, ich fahr trotzdem, sagt er, kramt die Autoschlüssel aus seiner Hosentasche und drückt sie Ines in die Hand, ich nehm mir ein Taxi. Ines schüttelt nur den Kopf und wendet sich wieder den anderen zu.

Während der Fahrt versucht er alle paar Minuten Lea zu erreichen, je näher sie kommen, desto nervöser wird er, desto größer wird seine Angst vor dem, was ihn erwartet. Kaum hält das Taxi vor dem Haus, drückt er dem Fahrer drei Scheine in die Hand, springt aus dem Auto, rennt zur Tür, schließt auf, stürzt ins Wohnzimmer.

Da sitzt sie.

Auf dem Sofa.

Die Wolldecke bis unters Kinn gezogen, Taxi liegt mitten im Raum auf der Seite, ein Film läuft, sie dreht den Kopf. Papa? Wo ist Mama, habt ihr euch gestritten? Zeitlupenlangsam geht er zu ihr, legt beide Arme um ihren schmalen Körper, drückt sie an sich. Aua, sagt sie, du tust mir weh. Was schaust du?, fragt er, psst, sagt sie, *Hidalgo*, ist gleich zu Ende. Er lässt ihn frei, schau! Noch im Mantel setzt er sich neben sie. Keine fünf Zentimeter Abstand von seiner Tochter erträgt er jetzt. Auf der ganzen Welt gibt es für den Moment nichts Besseres, als hier neben seiner Tochter zu sitzen und sich still zu freuen, dass er falschlag.

Du schaust ja gar nicht, sagt sie etwas enttäuscht. Doch, doch. Ein Cowboy führt ein geflecktes Pferd von einem Trailer, Viggo Mortensen, registriert er, schöner Mann, das ist Frank, flüstert Lea. Frank geht mit dem Pferd ein Stück in die offene Landschaft hinein und nimmt ihm das Halfter ab. Es bleibt noch einen Moment stehen, blickt in die Ferne, wendet dann den Kopf. Es wirkt, als entschuldigte sich das Tier im Voraus für das, was es gleich tun wird: ihn verlassen. Aus dem Stand galoppiert es los. Frank und die Kamera bleiben zurück, das Pferd wird kleiner, am Horizont ist eine Herde Mustangs zu sehen.

Menno!, schnieft Lea und lehnt sich an ihn. Hey, sind das Tränen? Er streicht ihr übers Haar. Sie sind Freunde, sagt sie, sind sie doch auch weiterhin, sagt er, ist doch nur ein Film. Ich weiß, sagt sie, Frank hat Hidalgo gekauft in Wirklichkeit. Na, siehst du. Sie streckt sich, ich glaub, ich geh ins Bett. Bevor auch er sich hinlegt, schreibt er Ines noch eine Nachricht: Du hattest recht, Zwinkersmiley, alles in Ordnung.

Irgendwann hört er unten den Wagen, und in schlaftrunkener Zeitvergessenheit hat er gleich darauf das Gefühl, Ines schlüpfe auch schon neben ihm unter die Decke. Dabei geht sie, wenn sie spät nach Hause kommt, nie gleich zu Bett, bestimmt hat sie noch ein Glas Wein getrunken, hat am Fenster gestanden und in die Nacht hinausgesehen, bevor sie ruhig genug war, sich hinzulegen. Obwohl sie ihn nicht berührt, spürt er die Wärme, die von ihrem Körper ausgeht. Tief und fest scheint sie zu schlafen, die Kopfschmerzen weg. Oder vielleicht hat sie noch eine Tablette genommen.

Er hingegen kann nicht mehr einschlafen.

Er wartet, bis sich fahl das erste Licht im Raum verteilt hat. Ines liegt auf dem Rücken. Sie hat sich gestern Nacht nicht mehr abgeschminkt, ihre geschlossenen Augen sind von Kajal und Wimperntusche dunkel verschmierte Höhlen, ihr karierter Männerpyjama ist hochgerutscht, zwischen den sich scharf abzeichnenden Hüftknochen hebt und senkt sich die Fläche ihres Bauches im Rhythmus des Atems. Auch wenn er sich gestern vertan hat; es hätte etwas geschehen sein können. Dass sie so ruhig geblieben ist, kommt ihm mit einem Mal ungeheuerlich vor. Als habe ihr Schlaf die Unschuld verloren, als ruhe sie sich bloß aus, um ihm nachher umso kraftvoller in den Rücken fallen zu können. Hat er sich womöglich auch letzte Woche vertan, war sie gar nicht freiwillig zu Hause geblieben? War etwas zwischen den Frauen passiert, das sich gestern Abend wieder eingerenkt hat?

Während er Kaffee kocht, steigt die Sonne über den Wald, ein tiefrotes Licht beginnt das Wohnzimmer zu füllen, Schattenschichten legen sich auf die Wand, die Äste des Nussbaums, quer ein dicker Trieb der Glyzinie, der dreieckige Wimpel, den Lea im Sommer daran befestigt hat – bewegt von auffrischendem Wind. Unten auf dem See gleitet ein einzelnes Segelboot dahin, das Wasser ist ruhig und türkisblau. Noch hängen Blätter an den Zweigen. Morgen, darauf freut er sich, wird er sich mit Peter treffen, sie wollen endlich mal wieder laufen gehen. Er geht hinaus zum Briefkasten und holt die Zeitung, Taxi kommt um die Ecke, müde wedelt sie ihn an, ausgiebig streckt sie sich, erst nach vorne, dann nach hinten, während sie ihre kleinen Grunzgeräusche macht, na guten Morgen auch, kommt der Hund mit rein? Sie schüttelt sich und verschwindet wieder Richtung Terrasse.

»Barberino-Skandal: Kunst muss leiden«. Eine Weile starrt er auf die fetten Buchstaben der Headline, nimmt einen Schluck Kaffee, reibt sich die Augen, liest weiter. Das Berliner Orchester Ensemble Sinfonica verdanke ihm alles. Kunst komme nicht von Kuscheln. Wenn Menschen über sich hinauswachsen wollten, hätten sie oft ein anderes Verhältnis zu Macht. Viele würden es geradezu herbeisehnen, gequält zu werden – Höchstleistungen seien eben nicht umsonst zu haben. Die Sonne blendet, er steht auf, um den Vorhang zu ziehen. Wann sind wir eigentlich das letzte Mal in einem Konzert gewesen? Er hat Barberino immer für einen großartigen Dirigenten gehalten, eigentlich will er nicht glauben, was da in der Zeitung steht. Sein Handy klingelt, drüben auf dem Tisch. Man muss auch nicht alles glauben, was in der Zeitung steht. Stimmte es aber, dürfte man dann noch … Gutshof Reichenwalde, stammelt eine panische Frauenstimme, von der Leiter gefallen, ein Kind. Ansprechbar? Nein, schreit die Frau ins Telefon, nein, wie tot liege es da. Er verständigt die Rettung, ein Hubschrauber ist nicht verfügbar, er schnappt sich die Schlüssel, raus zum Auto, rast los.

Das Tor ist offen, Ines schließt gerade die Haustür ab, als er wiederkommt. Er parkt draußen an der Straße. Taxi zottelt ihm entgegen, er krault sie im Nacken. Wo warst du denn?, fragt Ines, ich fahr jetzt einkaufen, sag bloß, du hast vergessen, dass du Edda für heute eingeladen hast. Notfall, sagt er knapp, ein Kind. Will nicht zwischen Tür und Angel über den Tod dieses Kindes reden. Aber du hast doch gar keine Bereitschaft heute? Ich muss erst mal was essen, sagt er, wartest du? Der Kies in der Einfahrt, fällt ihm auf, wird allmählich weniger, sollte er bald mal wieder eine Ladung nachbestellen. Nein, sagt sie, das wird mir sonst zu eng.

Er geht hinein und isst etwas, macht dann den Ofen an. Setzt sich nah ans Feuer. Friert trotzdem. Vergessen, dass du Edda eingeladen hast. Hat er tatsächlich. Jede Vorbereitung auf den Abend widerstrebt ihm. Er will sie nicht hier haben.

Vor sich sieht er das Kind am Fuß der Leiter liegen. Nackt. Auf dem Rücken. Den Kopf nach hinten verdreht, ein Ärmchen nach außen geknickt. Stichwunde in der Schulter. Blut im Ohr. Das linke Auge einen Spaltbreit offen.

Erst um drei Uhr ist Ines wieder da. Er fragt nicht, wo sie vier Stunden lang gewesen ist, er will sie nicht bedrängen, sie soll nicht glauben, Rechenschaft ablegen zu müssen, wahrscheinlich hat sie im Bioladen nicht alles bekommen und ist nach Strausberg gefahren. Musstest du die Forellen erst noch fangen?, hätte er sie früher einfach gefragt, und sie hätten über das abgedroschene Witzchen gelacht. Sie wäre nicht auf die Idee gekommen, kontrolliert zu werden. Oder er wäre nicht auf die Idee gekommen zu denken, sie denke, er wolle sie kontrollieren.

Das Kind heute Morgen, sagt sie, während sie die Tüten zusammen hineintragen, war das wirklich nötig, die

Polizei zu rufen? Er bleibt stehen. Natürlich, sagt er, bei Unfällen mit Kindern kommt von Amts wegen die Polizei, woher weißt du das eigentlich schon? Sie war völlig fertig, sagt sie. Wer war fertig? Rotraut. Wäre ich auch, sagt er, aber nicht wegen der Polizei. Er hat nicht gewusst, dass Ines und diese Frau Busch sich kennen. Hör mal, sagt sie, wenn du eben dein Kind durch einen tragischen Unfall verloren hast und dann noch verdächtigt wirst, schuld daran zu sein, ich meine, es war doch ein Unfall. Sagt Frau Busch? Ines! Hast du schon mal Eltern kennengelernt, die freiwillig zugeben, ihre Aufsichtspflicht verletzt zu haben? Aber doch nicht Rotraut, sagt sie entgeistert, Rotraut ist Mutter mit Leib und Seele.

Gern würde er Ines fragen, ob sie vier-, fünfjährige Kinder auch allein auf einem Dachboden bei offener Klappe übernachten lassen würde. Ob sie es in Ordnung fände, wenn Kinder mit Scheren spielten. Ob Kinder, wenn man sie sich selbst überlässt, wirklich derart grausam sind. Und er würde sie gern fragen, warum sie gestern seelenruhig weitergeplaudert hat, während er sicher war, Lea sei in Gefahr.

Lass uns von was anderem reden, sagt er.

Lea sitzt auf dem Sofa und liest in der *Bravo Girl*. Hey, sagt Ines, woher hast du diesen Schund? Er geht hinüber zum Sessel und nimmt die neueste Nummer der *Ärzte Revue* vom Stapel der ungelesenen Hefte, schlägt sie auf, »Mama Daktaris dunkles Geheimnis«, liest er, trotz des reißerischen Titels kann er sich nicht auf den Text konzentrieren. Ines räumt die Tüten aus, dann beginnt sie zu putzen. Was soll das jetzt, Mama, sagt Lea. Ich wisch nur noch mal durch, wir haben Besuch heute Abend. Lea steht auf und geht hoch in ihr Zimmer.

Während Ines putzt und er nicht liest, sondern ihr zusieht, wie sie mit einer Hingabe Schränke ausfegt und die Küchenfliesen wischt, den Staubsauger hervorholt und nicht nur die Teppiche, sondern auch unter den Teppichen saugt, obwohl alles eigentlich schon sauber ist.

Er will, dass das aufhört. Sofort.

Dass endlich Ruhe ist. Mit einem Mal kann er verstehen, wie es kommt, dass einer dem anderen nach fünfzig Jahren Ehe den Schädel einschlägt, wie aus dem Nichts. Kannst du mal bitte deinen Stapel Zeitschriften wegräumen, ruft sie über den Lärm des Staubsaugers hinweg, die du sowieso nie liest. Er liebt sie. Er liebt sie auf eine quälende, unvollkommene Weise, die offenbar auch Hass mit einschließt. Vor ein paar Monaten noch hätte er den Hass vehement bestritten und stattdessen gesagt, er liebe sie auf eine reine und vollkommene Weise. Und natürlich wäre das eine Lüge gewesen, niemand kann jemanden auf vollkommene Weise lieben.

Er legt die *Ärzte Revue* weg und nimmt das Buch. *Abtrünnig.* Stiert auf die rot und groß gesetzten Buchstaben. *Abtrünnig, Roman aus der nervösen Zeit.* Ich rede mit dir, sagt Ines, sie steht jetzt direkt vor ihm. Viel zu nah. Gut getroffen, denkt er, verdammt gut getroffen. Da schlägt draußen Taxi an. Ines fährt zusammen und sieht auf die Uhr. Ich geh mal nachschauen, sagt er und steht auf, Edda kann das ja wohl noch nicht sein.

Mit hoch erhobener Rute und gesträubtem Fell steht Taxi am Tor, das Bellen ist in ein kehliges Knurren übergegangen. Er folgt ihrem Blick. Scharf zeichnet sich die Silhouette eines Tieres gegen den Himmel ab, der am westlichen Horizont noch etwas heller ist. Ein großes, hundeartiges Tier. Ist gut, sagt er zu Taxi und auch ein bisschen zu sich selber, beruhige dich.

Er sucht das Sträßchen, den Horizont, das Feld nach einem Menschen ab, zu dem das Tier gehören könnte. Nichts. Ist das etwa wieder der Reichsbürger-Dobermann aus der ehemaligen LPG drüben? Zwei kleine Hunde hat der Köter schon auf dem Gewissen und einen Kinderarm, eigentlich müsste er einen Maulkorb tragen und dürfte nur an kurzer Leine spazieren geführt werden. Lenni zieht sein Handy aus der Tasche. Oder ist es ein Wolf? Noch verharrt das Wesen auf dem Feld; hat es ihn nicht gesehen, gerochen, oder hat es keine Angst? Ist es ein Problemwolf oder ein Hybrid, halb Wolf, halb Hund, gefährlich zahm? Er drückt die Videotaste, und als wäre sein Telefon eine scharfe Waffe, hält er es mit gestreckten Armen und beiden Händen vor sich, während er über das Tor steigt und quer übers Feld geht. Erst als er schon recht nah ist, setzt sich das Tier in Bewegung. In einem schräg wiegenden Trab schnürt es davon. Taxi erwartet ihn wedelnd am Tor. Geh in deine Hütte, sagt er, brav trottet sie um die Ecke.

Statt wieder hineinzugehen, folgt er Taxi auf die Terrasse. Er setzt sich auf die Planken neben die Hütte, lehnt sich mit dem Rücken gegen die Wand und streckt die Beine aus. Warm fällt das Licht aus dem Wohnzimmer in den

Garten, Taxi legt sich neben ihn, er schiebt seine Finger in ihr Fell. Immer wenn Taxi sich freiwillig zu ihm legt, fühlt er sich geehrt, albern ist das. Ines hat nie verstanden, warum Taxi nachts lieber draußen schläft. So viel Mühe hatte sie sich mit dem Welpen gegeben, und dann, als Taxi erwachsen geworden war, suchte sie statt Nähe Distanz. Am liebsten schlief sie unter dem Tisch auf der Terrasse. Ines breitete eine Decke unter dem Tisch aus, daraufhin legte sich der Hund neben den Tisch. Lenni zimmerte Taxi eine Hütte. Aber nur, wenn die Temperatur unter null Grad sinkt, legt sie sich hinein. In der hinteren rechten Ecke rollt sie sich zusammen, ein heller Fleck, ihr gelb-weißes Fell vermag noch das spärlichste Restlicht zu reflektieren. Ein Shiba-Mischling, hatte Peter gesagt, da habt ihr euch ja was ins Haus geholt, die hätten eher nicht so viel *will to please,* die machten lieber ihr eigenes Ding, du kannst ja mal versuchen, den zu erziehen, dröhnend lachte er. Wie ungestüm Peter lachen kann.

Durch die geschlossenen Fenster hört er Ines weiterhin mit dem Staubsauger fuhrwerken. Lauter, leiser, über Schwellen, an Kanten stoßend, er schließt die Augen. Er wünscht sich einen Winterschlaf herbei, einen traumlosen Schlaf, der bitte frühestens enden soll, wenn das Licht wieder mehr werden, die Temperaturen wieder steigen würden. Gewöhnt man sich dran, hatte seine Mutter gesagt, als er sie einmal fragte, wie sie diese finnische Winterfinsternis als Kind hatte aushalten können. Wie sie hatte wachsen können unter diesen Bedingungen.

Wirst sehen, sagt seine Mutter in seinem Rücken und tätschelt ihm die Schulter, bald findest du das normal.

Vor einer knappen Stunde haben sie die schwedisch-finnische Grenze überquert, dunkler und dunkler wird es, je weiter sie nach Norden kommen. Sie hat unrecht, denkt er, man gewöhnt sich nicht daran, er hat sich schon bei früheren Reisen nicht gewöhnt, wie soll man sich an dieses Ausmaß an Finsternis gewöhnen? Sein Kopf ist ein müder Haufen überforderter Zellen, die ständig nach Licht verlangen, und er weiß, zwei Wochen lang wird er nun dieser schier ewigen Nacht ausgesetzt sein. Erst gegen zehn Uhr geht die Sonne auf, bleibt, als ob ihr die Kraft fehle, höher zu steigen, knapp über dem Horizont und verschwindet um drei Uhr wieder hinter den Bäumen. Hunger, kräht Lea, und sein Vater muss sowieso schon lange austreten, also hält er endlich an einer Raststätte, einsam gelegen, umstanden von schütteren Kiefern.

Da hockt sein Vater am Tisch in diesem ungemütlichen, kaum geheizten Restaurant, vor sich einen Pott Kaffee, stiert er auf das dampfende Getränk, die ganze Fahrt über ist die Stimmung schon fragil gewesen. Was ist, fragt Lenni, lass es, denkt er aber gleich, du weißt ja, was ist. Seine Mutter stößt ihn unter dem Tisch an, wirft ihm diesen Blick zu, lass ihn, sagt der Blick, nicht provozieren, den Frieden nicht aufs Spiel setzen.

Obwohl sein Vater seine Arbeit vierzig Jahre lang gehasst hat, jeden Tag aufs Neue, vermisse er sie nun, seit er pensioniert ist, hat ihm seine Mutter erzählt. Werftarbeit, die Schweißerei auf den Schiffen; der kaputte

Rücken hat ihn vor zwei Jahren gezwungen, aufzuhören.

Er beobachtet das Gesicht seines Vaters. Ein rundes, täuschend gutmütiges Gesicht. Matter Glanz liegt auf der Glatze, der schmale Haarkranz ist kurz geschnitten und wirkt dicht wie ein Fell. Ein starker Mann. Alles an ihm ist kraftvoll und solide. Nimmt er einen Schluck Kaffee, teilen sich seine Lippen kaum, der Kaffee ist noch heiß, er aber schluckt ihn, ohne eine Sekunde zu zögern.

Er ist entkommen. Entkommen. Da sitzt sie, seine Herkunft, an diesem Tisch in der finnischen Einöde, und er ist dankbar, einem Gott oder einem Schicksal, dass er Hilmar kennengelernt hat. In der vierten Klasse nach den Sommerferien war Hilmar plötzlich da. Doof fanden ihn alle, wer heißt schon »Hilmar«! Und dass er immer abseitssaß und sich mit seinem wunderlichen Würfel beschäftigte, er konnte die Farben mit wenigen Drehs sortieren.

Sie freundeten sich an. Ohne dass Lenni allerdings lernte, den Rubick's Cube ähnlich schnell zu lösen. Noch heute kann er sich an die eigenartige Anziehung erinnern, die er sofort spürte. Hilmar nahm ihn mit zu sich nach Hause. Seine Eltern waren beide Ärzte. Er kannte sonst keine solchen Leute. Er staunte. Über so viel Platz. Über so viele Dinge, die man zum Leben nicht braucht. Bilder an den Wänden, Bücher. Drei Badezimmer. Skulpturen im Garten. Einen eigenen Steg. Ein Boot.

Hilmar und seine Eltern zeigten ein seltsam intensives Interesse an ihm. Mehr an seinem Milieu, das ihnen fremder nicht hätte sein können. Und was willst du einmal werden?, fragte ihn Hilmars Vater. Und deine Mutter ist zu Hause? Manchmal kam er sich vor wie eine dieser Schwebefliegen, Wespen zum Verwechseln ähnlich, die Hilmars Vater in seiner Freizeit fing, tötete und dann ausgiebig unter einer riesenhaften Lupe betrachtete. Signalfälschung, erklärte er ihm einmal begeistert, Mimikry, sie ahmen ihre wehrhaften Vorbilder nach, verblüffend echt, schau mal!

Nie zuvor hatte Lenni sich Gedanken gemacht über Alternativen. Über einen Beruf zum Beispiel, der ihm Spaß machen, der ihn herausfordern und befriedigen könnte.

Nicht bei Hilmar, sondern zu Hause fühlte er sich bald fehl am Platz. Schlechtes Gewissen. Ist dir das nicht mehr genug?, fragte er sich. Nur ein Badezimmer. Keinen Garten. Weder Bücher noch Bilder.

Aber seine Noten in der Schule wurden besser, und am Ende bekam er eine Empfehlung fürs Gymnasium. Hilmar hingegen wollte nicht studieren, er wurde später Bauer und zog mit seiner isländischen Frau nach Island. Während er Hilmars Eltern noch jahrelang regelmäßig besuchte, war der Kontakt zu Hilmar bald abgebrochen.

Um seine Mutter etwas aufzumuntern, schiebt er für die Weiterfahrt Freddy Quinn in den Player. Aber statt zuzuhören, ist sie mit der Abwehr unhaltbarer Vorwürfe beschäftigt, im Rückspiegel sieht er einen Ausschnitt ihres Gesichts, eine rasche Abfolge von Entrüstung, Schmerz, Hoffnung. Er sieht, wie sie ihren Mann anlächelt, als hätte er ihr eben seine Liebe erklärt. Er tastet nach Ines neben sich, sie hat Lea jetzt auf dem Schoß, seine Hand liegt eine Weile auf der rauen Wolle des blauen Mantels. Während er durch den finsteren finnischen Nachmittag fährt, das Auto übervoll mit Menschen, die ihm vertraut sind, fühlt er sich vollständig unverbunden.

Das Schneetreiben wird dichter, der Straßenverlauf ist nur noch zu erahnen. Er drosselt das Tempo, er weiß nicht, warum er eigentlich noch immer felsenfest glaubt, Menschen könnten zusammenleben, ohne sich selber früher oder später zu vergessen. Ab und an kommen ihnen riesige Holzlaster entgegen, dann ist die Straße für einige Hundert Meter wieder freigeweht.

Da hört er ein Auto den Weg heraufkommen. Um die kleine Steigung zu schaffen, wird krachend in einen niedrigeren Gang geschaltet. Er spürt ein Klopfen in der Brust, eine verhaltene Tachykardie, einen Anflug von Unruhe.

Du willst doch jetzt hier nicht anhalten? Fahr weiter, ich will nach Hause. Sein Fuß auf der Bremse. Nein. Das war kein spontaner Entschluss. Aus dem empathischen Bedürfnis heraus, einer fremden Person zu helfen, die in Not geraten ist. Obwohl er an so etwas nicht glaubt, glaubt er inzwischen, dass Edda ihn auf irgendeine metaphysische Weise gezwungen hat, anzuhalten. Dass er, unmittelbar bevor sein Fuß auf die Bremse zuckte, *etwas* gespürt hatte. Gespürt haben musste. Eine Dringlichkeit. Er schüttelt den Kopf. Er kratzt sich am Hals.

Bisher ist er überzeugt gewesen, dass der Mensch Handlungsspielraum hat. Dass er Umständen selten bloß ausgeliefert ist, weniges einfach geschehen lassen muss. Edda – eine Heimsuchung? Eine Art Prüfung oder gar Strafe? Ist ihm komplett fremd, und dennoch steht genau dieses Wort nun zuvorderst in seinem Kopf. Ist er es, dessen Wahrnehmung sich verheddert hat, nicht Ines'?

Er nimmt das Handy aus der Tasche und drückt auf Play. Ein verwackeltes Bild ergibt sich, die Silhouette eines vierbeinigen Wesens gegen den helleren Himmel, nein, keinerlei Ähnlichkeit mit einem Dobermann hat das Tier, viel zu plump, wie hat er überhaupt auf die Idee kommen können. Aber ein Wolf scheint ihm für den Moment viel weniger bedrohlich zu sein.

Klack, klack, klack. Eine Weile hört er zu. Noch im Halbschlaf, vermag er das Geräusch nicht zuzuordnen. Schwindel. Leichte Kopfschmerzen. Es erinnert ihn an ein Spielzeug, einen Fangkorb aus Plastik, ein Geschicklichkeitsspiel, kleine, leichte Bälle werden mittels Feder in die Höhe gespickt und mit dem Korb aufgefangen. Ines dreht sich um, fahrig tastend sucht ihre Hand nach etwas, bleibt schlafwarm liegen auf seiner Brust. Manchmal stoppt das Klacken, geht aber nach einer kurzen Pause weiter. Klack, klack, klack. Beinahe schläft er wieder ein, so beruhigend wirkt das Geräusch auf ihn. Aber er muss zur Toilette, die ganze Zeit schon. Vorsichtig hebt er Ines' Hand und legt sie auf die Decke.

Sie spielen Tischtennis. Edda und Lea spielen zusammen Tischtennis. Offenbar hat Edda hier übernachtet. Irgendwie kann er sich gar nicht mehr richtig an den Abend erinnern. Hat er viel getrunken? Gelacht? Gestritten gar? Der See liegt verborgen unter einem lichten Nebel. Auf den ersten Blick sieht es schön aus, wie das Mädchen und die Frau zusammen Tischtennis spielen. Dick eingemummelt. Atemwolken vor den Mündern. Auf den zweiten Blick aber wirkt es wie ein Duell. Keine von beiden lacht oder juchzt oder flucht lauthals über einen verpatzten Ball. Sie spielen wie Profis, ernst und verbissen, als ginge es, statt um Spaß, um Sieg oder Niederlage. Schlag für Schlag. Lea ist eine sehr gute Spielerin und Edda offensichtlich auch, kaum je geht ein Ball fehl.

Wie geht's uns denn heute?, fragt er leise und schiebt sich wieder zu Ines unter die Decke. Er streicht ihr das Haar vom Muttermal und küsst es. Geht's dir gut? Ein lang gezogenes Stöhnen kommt aus ihrem Mund. Hab ich viel getrunken?, fragt er. Sie blinzelt ihn an, und wie, murmelt sie. Eine Weile blickt er an die Decke, das Klacken wird schneller, hört auf. 21:19 hört er Lea rufen, Revanche! Ich frage mich schon die ganze Zeit, sagt Ines, was du eigentlich gegen Edda hast, du bist so unentspannt, Ich hätte nie gedacht, dass du zu so etwas fähig bist. Was, sagt er, und stützt sich auf seinen Arm, wozu fähig? Er will nicht streiten. Wirklich nicht. *Du* bist doch unentspannt, sagt er, wie du gestern geputzt hast. Und Freitag, ich meine, wie du ihr hinterhergerannt bist. Und was sollte das eigentlich mit diesem *Lieblingsmensch*? Darf man jetzt nicht mehr Mann oder Lebensgefährte sagen? Als sei bei ihm sowieso Hopfen und Malz verloren, bleibt sie ruhig, schüttelt nur den Kopf.

Er versucht sich zu erinnern, was geschehen ist, hat er wirklich so viel getrunken? Hat er irgendeinen Mist geredet, war er unhöflich? Filmriss. Klack, klack, klack. Das bildest du dir ein, sagt sie, du bildest dir ein, dass wir gegen dich sind, so wie damals nach deiner Gerichtsverhandlung, nicht alle sind gegen dich, das ist doch kindisch, nur du bist manchmal gegen dich. Er schweigt. Klack, klack, klack. Du brauchst, fährt sie nach einer Weile fort, nicht derart eifersüchtig zu sein, Edda ist einfach eine gute Freundin, sie nimmt dir nichts weg, im Gegenteil. Ich will nur endlich Theater machen, es ist das, was ich immer unbedingt machen wollte und nie konnte. Versuch das doch zu verstehen, mir zuliebe, uns zuliebe. Sie legt ihre Hände an seine Wangen und küsst ihn sanft auf den Mund, bitte.

Er erinnert sich an seinen Wunsch, Arzt zu werden, den seine Eltern nicht verstehen konnten, den nur fremde Menschen verstanden. Du willst also etwas Besseres sein, sagte sein Vater. Wir sind dem Herrn also nicht mehr gut genug. Er erinnert sich an jenen Abend, als Edda zum ersten Mal bei ihnen zu Besuch war. An diesen kurzen Moment der Irritation, als Ines ihn an der Tür abfing, lässt du Taxi bitte draußen? Ein wenig zu exaltiert, um Ines zu sein.

Was ist Einbildung und was ist real?

Nie sieht man die Dinge ganz. Wie sie früher waren, wie sie heute sind. Die Nuancen der Veränderung, man müsste versuchen, den Fluss der Wahrnehmung zu verlangsamen, Bild um Bild vergleichen. Sie hatte zum Beispiel lauter gesprochen, als wenn sie allein waren. Als stünde sie auf einer Bühne, machte sie größere Bewegungen, als müsste sie eine Emotion über Distanz transportieren. Noch ein anderes Bild fällt ihm ein: diese Stereogramme, die einen dreidimensionalen Eindruck vermitteln, aber in Wahrheit nur zweidimensional sind.

Ein leicht verschwommenes Sehen, Linien, die nicht aufeinanderzupassen scheinen. Ein verwirrendes Doppelbild. Eine Unschärfe, ein zerfranstes Ganzes.

Es tut mir leid, sagt er, ich muss los, aber ich denk drüber nach, versprochen. Du bist doch dann, sagt sie, rechtzeitig zurück zu Leas Premiere, ich habe für nach dem Kino in der Stobbermühle reserviert. Klar, so gegen Mittag, schätze ich.

Peter ist gerade dabei, den Inhalt eines riesigen roten Eimers in einen Trog zu kippen, als er auf den Hof fährt. Peter hat einen Vollbart, ein furchterregend dichtes, tiefschwarzes Gestrüpp. Drei Hunde versuchen, etwas von der gelben Pampe abzubekommen, zwei winzige Wildschweine drängen sich auf der anderen Seite des niedrigen Verschlages am Trog. Peter stellt den Eimer hin und kommt ihm entgegen. Alle möglichen Leute bringen ihm kranke oder verunfallte Wildtiere. Wildschweine, Rehkitze, Vögel, manchmal sogar Ratten. Und er findet für alle einen Platz auf seinem Hof, zumindest vorübergehend, bis sie wieder gesund sind. Tierarzt. Insgeheim beneidet er Peter um seinen Beruf, ohne genau sagen zu können, warum. Vielleicht, weil er so handfest scheint, weil ihm seine Patienten weniger vormachen, weil er Leiden beenden darf. Aber wahrscheinlich ist das viel zu romantisch gedacht.

Neuzugang, sagt Peter, zwei späte Frischlinge, die Bache wurde geschossen, passiert leider immer wieder sowas. Die Frischlinge grunzen und schmatzen, ihre Mäuler sind gelb verschmiert, es wirkt, als ob sie lachten. Sag mal, fragt er, haben wir eigentlich schon Wölfe hier bei uns? Kein Rudel jedenfalls, sagt Peter, aber drüben, Gladower Höhe, wurde kürzlich ein einzelner Wolf gesehen, sogar fotografiert, warum, ist dir einer über den Weg gelaufen? Keine Ahnung, sagt er, könnte auch einfach ein Hund gewesen sein, bei uns auf dem Feld gestern.

Anschließend brauchen die Esel noch Heu und frisches Wasser, ausmisten, die Ziegen müssen nach dem Melken auf die Weide, er dackelt Peter hinterher, dankbar, für einen Moment jeder Entscheidung enthoben zu sein. Ich glaub, sagt Peter grinsend, das wird heut nichts mit Sport, und wuchtet einen Heuballen auf die Schubkarre.

Drinnen hat Sabine schon den Tisch gedeckt, Brot, Marmelade, Ziegenkäse, Schinken. In den zwölf Jahren, die er ihn nun kennt, hat Peter sich vier Mal neu verliebt, bei jeder frischen Liebe war er voller Eifer und restlos davon überzeugt, viel stärker, echter und ehrlicher verliebt zu sein als bei allen vergangenen Malen, und bei jeder Trennung war er genauso ehrlich, echt und vollkommen unglücklich, wie er zuvor glücklich gewesen war. Die vorletzte Freundin, Karen, oder Kirsten?, war Bildhauerin, überall im Garten stehen noch ihre mit einer Kettensäge grob bearbeiteten, unfertig wirkenden Holzskulpturen, die letzte, Sibylle, richtete auf Peters Hof einen Wanderreitbetrieb ein, und Sabine nun backt Brot, kocht Marmelade ein und produziert Ziegenkäse. In der Scheune gibt es jetzt einen kleinen Hofladen, und die Ferienwohnung, die direkt über dem Laden liegt, wolle sie unbedingt reaktivieren, erzählt sie. Jede der Frauen war voller Tatendrang, als sie einzog, und Lenni hatte jede, wohl weil er ziemlich sicher war, dass sie bald schon wieder gegangen sein würde, im Stillen immer etwas bedauert.

Greif zu, sagt Sabine, sie ist um die vierzig, hat ein heiteres rundes Gesicht mit roten Backen. Wie geht's in der Praxis, fragt Peter, vermisst du die Forschung eigentlich nicht manchmal? Für ihn wäre Forschung ja nix, er brauche die Front, obwohl dieses Placebo-Ding ja schon faszinierend sei, da habe er doch gerade wieder so einen Fall, Frau mit Labbi, schwört auf Bioresonanz. Und weißt du, was sie dann immer sagen? Sie hätten ja zuerst auch nicht daran geglaubt ... du kennst das sicher. Aber dann ... wie durch ein Wunder ... undsoweiter. Klassisches Erweckungserlebnis. Ich bin einfach immer wieder erstaunt, fährt er fort, wie intelligente Menschen so gläubig sein können, verstehst du das? Na ja, ganz so sarkastisch würde ich das nicht sehen wollen, sagt Lenni, jedenfalls nicht auf wissenschaftlicher Ebene ... Also, sie glaube schon, Sabines Stimme wirkt leicht angespannt, dass Derartiges helfen könne, gerade heute, mit all den Umweltgiften, den Strahlungen ... Ich sag's ja, klatscht Peter mit der flachen Hand auf den Tisch, die Vernunft im Sinne einer Weltanschauung, die auf Ratio und Empirie basiert, wird nicht siegen, noch nicht einmal in diesem Haus. Immer ziehe er alles ins Lächerliche, begehrt Sabine auf, und eigentlich nur, weil er nicht wegen eines Streites der beiden schon gehen will, beginnt Lenni von Edzards legendärer Geistheiler-Studie zu erzählen.

Hundertzwanzig Schmerzpatienten in vier Gruppen. Während die erste Gruppe ohne Behandlung bleibt, werden die anderen drei von einem echten Geistheiler, von einem Schauspieler und von einem Tonbandgerät therapiert. In allen drei behandelten Gruppen kann eine klinisch relevante Schmerzreduktion beobachtet werden. Yes, ruft Peter, haben wir beide recht, Lenni, du rettest uns. Sie lachen.

Schon von draußen hört er die Musik. Eddas roter Fiat ist weg, erleichtert fährt er die letzten Meter, stellt seinen hinter Ines' Wagen, zieht das Tor zu, sichert es mit der Kette.

Auf dem Tisch im Wohnzimmer stehen noch die Reste des Frühstücks, die Musik ist markerschütternd laut, etwas, das Lea sonst nie hört. Ines, ruft er durchs Haus, Ines? Auch im Garten ist sie nicht. Er geht nach oben und klopft an Leas Tür. Sinnlos. Er drückt die Klinke, schiebt die Tür auf. Keine Lea. Er macht die Musik aus. Da hört er sie schluchzen. Die Decke, sieht er jetzt, ist mittig aufgeworfen, ruckartig hebt und senkt sich das weiche Gebirge, Lea? Vorsichtig gräbt er ihr Gesicht frei, Lea, was ist denn los? Mama, heult sie ihm entgegen, kommt nicht mit, sie sind weggefahren, sie und diese Edda. Wie, fragt er verständnislos, kommt nicht mit? Mama ist doch bestimmt rechtzeitig zurück, er denkt an die Reservierung in der Stobbermühle. Nein, brüllt Lea, eben nicht, irgendwas mit Eddas Mutter, ein Unfall, sie sind hoch nach Mecklenburg gefahren, sie wissen nicht, wann sie wiederkommen. Er ist fassungslos. Ist gut, sagt er, ich ruf sie nachher gleich an, dann schauen wir. Komm her. Sie schmiegt sich in seine Arme wie ein Tierchen, verängstigt, Schutz suchend. Schh, macht er, schh, und er wiegt sie wie früher, als sie halb so groß, halb so schwer gewesen war.

Allmählich kommt sie zu Ruhe. Ruf an, befiehlt sie, sich die Nase ins Laken schnäuzend. Er kramt das Telefon aus der Gesäßtasche und wählt Ines' Nummer. Sofort springt die Mailbox an. Ausgeschaltet, sagt er. Ausgeschaltet! Gehen wir halt allein, sagt er möglichst munter, wird bestimmt trotzdem toll.

Um genau acht Uhr kommt der Anruf, sie sind gerade zur Tür herein. Sie seien, sagt Ines, bei Eddas Stiefmutter in Schwerin gewesen und jetzt auf dem Heimweg, sie bleibe die Nacht in Berlin. Das glaub ich jetzt nicht, sagt er, das glaub ich einfach nicht. Elsa hatte einen Unfall, sagt sie, sie ist gestürzt, sie ist über neunzig. Und da musstest du mit, nach Schwerin, gibt es dort oben keine Ärzte? Ja, sagt sie, da wollte ich mit. Und Lea, brüllt er in den Hörer. Da legt sie auf. Legt einfach auf. Er ruft sie an. Mailbox. Noch mal. Wieder Mailbox, ruf mich an, faucht er, sofort! Und, fragt Lea von der Tür her, was hat sie gesagt? Er sieht sie an. Was soll er ihr sagen? Dass ihrer Mutter Eddas bucklige Verwandtschaft wichtiger ist als die eigene Tochter? Dass ihre Mutter wie ein Hündchen hinter dieser Edda herhopst, Männchen macht, Sitz, Platz. Das kann er nicht. Wir reden morgen darüber, sagt er, geh schlafen, bitte.

Er wartet auf ihren Rückruf.

Wartet.

Weiß, sie wird nicht zurückrufen, wartet trotzdem. Geht auf und ab. Setzt sich hin, steht wieder auf, setzt sich. Diese beschissene Gemütlichkeit. Genug zu essen,

Wärme, Ruhe. Am liebsten würde er hinübergehen in die Küche. Die Teller, jeden einzelnen, aus dem Schrank nehmen und gegen die Wand werfen, die Tassen, die Gläser. Am liebsten würde er die Stühle an ihren Beinen nehmen und sie über dem Schüttstein zertrümmern. Am liebsten würde er dieses verflucht schöne Wohnzimmer in seine kleinstmöglichen Einzelteile zerlegen und es anschließend in Brand stecken. Stattdessen setzt er sich in seinen Sessel und legt die Hände in den Schoß.

Und das ist gut so. Sehr gut sogar.

Er versucht sich vorzustellen, wie Ines das gebrochene Versprechen vor sich selber rechtfertigt. Ein Notfall, die Unterstützung einer Freundin in so einer Situation sei wichtiger, als Zeuge dieses lächerlich winzigen Komparsenauftritts ihrer Tochter zu werden. Kann man es so sehen? Kann man die Bedürfnisse Fremder und die Bedürfnisse des eigenen Fleischs und Bluts gegeneinander aufrechnen? Lea sei ja kein kleines Kind mehr, sie wird schon darüber hinwegkommen, es vielleicht sogar verstehen, mag sie sich gesagt haben. Er fragt sich, ob sie Edda nichts von dieser Verpflichtung erzählt hat, oder ob Edda die Situation genutzt hat, mal wieder etwas auszutesten.

Papa, alles in Ordnung?

Da steht sie in ihrem Nachthemd. Um das rechte Handgelenk vielfach geschlungen ein Gewirr aus Lederbändeln und Kettchen, abgeplatzter violetter Lack auf den Nägeln. Barfuß. Es war doch auch so ganz schön, sagt sie leise, nur wir zwei. Komm her, sagt er. Gute Nacht. Gute Nacht, meine große Tochter.

Auf einmal, wie aus einer anderen Zeit, aus einer anderen Welt, samtweich, tiefernst, kommen Celloklänge von oben. Sie spielt wieder. Sie kann es noch. Er lehnt sich zurück und hört zu. Denkt in die Ferne, denkt nichts mehr, versinkt im Glück, kein Moment könnte unpassender sein für ein derart perfektes Glück.

Bis das Telefon klingelt.

Ist Ines da? Immer fragt Grete zuerst nach Ines, wenn sie anruft. Nein, sagt er, sie übernachtet bei einer Freundin in der Stadt, versuch's doch mal auf dem Handy. Ist ausgeschaltet, sagt sie und schweigt eine Weile. Wollt ihr uns nicht mal wieder besuchen, sagt sie dann fordernd.

Uns.

Wir haben ja ein Gästezimmer, sagt er zu Grete an Hans' Beerdigung, du kannst kommen und bleiben, solange du willst. Obwohl sie ihn die ganze Zeit geschnitten hat, steht er jetzt da und lädt diese Frau ein. Er versteht das selber nicht. Sie schaut ihn an. Ein Lächeln schiebt sich auf ihr Gesicht. Danke, Lenni, sagt sie. Das erste Mal hat sie eben seinen Namen gesagt.

Was hast du?, faucht Ines, als er ihr kurz darauf erzählt, Grete eingeladen zu haben. Ohne mich zu fragen? Komm schon, sagt er, obwohl er sich eigentlich bei ihr entschuldigen wollte, sie hat ja sonst niemanden. Und vielleicht könnt ihr beide dann ja auch mal was klären. Fuck, sagt sie, fuck you!

Grete kommt, Ines überlässt es größtenteils ihm, sich um sie zu kümmern, sie besuchen zusammen Ausstellungen, gehen ins Theater. Grete beginnt es zu genießen, in den Tag hinein zu leben, ich erkenne sie gar nicht wieder, sagt Ines, sie hat sogar den Ehering abgelegt und die Uhr, hast du gesehen? Das Gästezimmer sieht aus, als hätte eine Bombe eingeschlagen, spontan färbt Grete sich die Haare rot, kauft sich Kleider auf dem Flohmarkt, wilde, bunte Sachen, für die sie eigentlich viel zu alt ist. Das ist deine Mutter?, fragt Pablo, als sie an einem Abend drüben bei Pablo und Monika sitzen, Backgammon spielen, trinken, Musik hören, Grete ist kurz aufs Klo gegangen, echt jetzt, sagt Pablo, die hätte ich mir ja total anders vorgestellt. Wie anders?, fragt Ines. Mehr so streng, sagt er, älter halt.

Eines Abends, drei Wochen sind ungefähr vergangen, findet er Ines in der Küche, vor sich eine Flasche Wein, leer, aus rot geweinten Augen sieht sie ihn träge an, du hast jetzt aber nicht die ganze Flasche allein getrunken, sagt er. Wortlos steht sie auf, nimmt ihn am Handgelenk und führt ihn in Gretes Zimmer.

Das Zimmer ist in einer schrecklichen Ordnung. Bis in den hinterletzten Winkel aufgeräumt und geputzt. Die bunten Secondhandsachen liegen im Papierkorb, Gretes richtige Kleider gefaltet im offenen Koffer, obenauf ein gerahmtes Foto. Er nimmt es in die Hand. Es ist das gleiche Bild, das an der Beerdigung auf einer Art Staffelei gestanden hat. Hans. Das Haar noch voll, aber schon grau, ebenmäßige Züge, tief in den Höhlen liegende Augen, darüber buschige Augenbrauen, zarte Hände, die ein gläsernes pyramidenförmiges Gebilde vor der Brust halten. Hans sieht direkt in die Kamera. Ein Blick voller Selbstgewissheit, Würde, Härte.

Sie hat sich entschieden, sagt Ines und wischt sich mit dem Handrücken quer über die Nase. Und so ist es. Kurz darauf kommt Grete zur Tür herein. Es sei Zeit, sie werde abreisen. Am Ringfinger trägt sie wieder den Ehering, die Uhr ums Handgelenk. Lässt du uns kurz allein, fragt Ines. Durch die Tür hört er die Stimmen der Frauen, laut, leise, jemand weint, er weiß nicht, ob es Gretes oder Ines' Weinen ist. Am nächsten Morgen bringen sie Grete zum Bahnhof.

Es ist, sagt Ines auf dem Weg nach Hause, als hätte meine Kindheit nur aus Schweigen bestanden. Tagelang hat er geschwiegen, gefühlt wochenlang. Sprach man ihn an, reagierte er einfach nicht, als hätte niemand etwas gesagt, als wären wir nicht da. Als wären wir es nicht wert, dass *er* sich mit uns auseinandersetzt. Wir hatten etwas falsch gemacht. Aber was? Es war wie eine endlose Eiszeit.

Und dann. Dann sagte er eines Abends ganz freundlich, fast fröhlich, reich mir doch mal bitte den Salzstreuer, Ines. Einfach so. Er beendete das Schweigen, wann es ihm passte. Mehr brauchte es nicht, lachte sie bitter, nur dieses willkürliche Schweigen und unsere Sehnsucht nach Erlösung. Reich mir doch mal bitte den Salzstreuer, Ines. Wo sind die Socken, Grete. Damit hat er alles erreicht.

Ihr ganzes Leben lang hätte Grete doch gehen können, fährt sie fort und nimmt seine Hand. Wirtschaftlich ist sie immer unabhängig gewesen, sie hätte für mich ein Kindermädchen einstellen können. Niemand, kein Umstand haben sie gezwungen, bei ihm zu bleiben, aber sie fühle sich nicht sicher ohne ihn, hat sie immer gesagt, sie fühle sich verlassen und verloren, und, weißt du was, vorhin erst habe ich das kapiert: Sie ist nicht *trotz*dem bei ihm geblieben, sondern genau *deswegen.*

Ich rede mal mit Ines, sagt er. Ja, sagt Grete, danke dir. Mit Engelszungen muss er Ines zu jedem Besuch überreden. Sie hasst es, in den Süden zu fahren, alles dort sei ihr zuwider, die akkurat bepflanzten Vorgärten, die raffiniert durchdachten Architektenhäuser, die in letzter Zeit in der Nachbarschaft gebaut worden sind. Nur mit maximalem Abstand, scheint sie heute noch zu glauben, würde ihr ein eigenes Leben gelingen. Er steht auf und holt sich ein Bier. Nach dem ersten Bier holt er sich ein zweites.

Es ist ganz still jetzt, Lea ist wohl zu Bett gegangen. Er ist nicht müde, überhaupt nicht. Er tippt auf dem Laptop herum, googelt sinnloses Zeug, Pablo, nichts, Jasper, alles Mögliche, Hilmar, die Homepage seines Hofes am Ufer des Myvatn auf Island, wo er neben der Pferdezucht in geothermisch beheizten Gewächshäusern Gemüse zieht, dann den Namen des Regisseurs von Leas Film, einiges, Edda.

Warum hat er eigentlich nicht längst einmal nach Edda gesucht? Er beginnt bei Wikipedia. Ihr erstes Stück, besagt der Eintrag, hat Edda (geborene Gudrun Böck!) schon im Alter von siebzehn Jahren inszeniert, danach Besuch des renommierten Instituts für Angewandte Theaterwissenschaften (ATW) in Gießen, von Wunderkind ist die Rede, sie mache ihrer Stiefmutter, Elsa Pratt, alle Ehre, heißt es. Er folgt dem Link und erfährt, dass Elsa Pratt (geb. 1924) eine bekannte DDR-Dramatikerin gewesen ist. Linientreu, dennoch auch im Westen anerkannt, furios in der Vertretung (und Durchsetzung) ihrer Interessen, gut vernetzt bis in höchste Kreise. Einen Kritiker hat seine Kritik an einem ihrer Stücke den Job gekostet. Eddas Vater, Bühnenbildner Heiner Böck, ohne Eintrag bei Wikipedia. Weiter eine Latte von Förderungen und Preisen. *Draußen bleiben* war Inszenierung des Jahres 2010, Einladung Theatertreffen, Dramatikpreis Mülheim, Förderpreise, Kulturpreise etcetera.

Eigenes Kapitel für *TalkTotal*. Nominiert für den Innovations-Award 2001; »Das Talkshow-Plagiat unterwandert auf geniale Weise die Standards dieses Sendeformats.« Er sucht einen Link, findet ihn unter Quellen und landet bei Youtube.

Ein Intro zeigt Edda auf der Straße vor der Volksbühne, umtost von Verkehr, blutjung, im Hintergrund das schreitende Rad. Nah erst, ein Auge, der Mund, das Profil, dann Totale. Pantomimische Bewegungen mit den Händen, als würde sie die Umrisse einer Kugel abtasten, um sie dann in die Höhe zu werfen. Die Musik ist trashig, deutscher Text, unverständlich. Vage erinnert er sich an hitzig kontrovers geführte Diskussionen über eine gefakte Talkshow auf einem Privatsender. Dass es dabei um Edda ging, wird ihm erst jetzt klar. Viele hatten sich aufgeregt, andere hatten die Genialität der Idee wie auch deren Umsetzung betont. Wie oft hat er dieses Wort nun schon gelesen und gehört im Zusammenhang mit Edda: genial.

Das Bild wechselt ins Innere des Theaters. Handkamera, schräg, kopfüber, Zoom auf Gesichter, auf graues Brusthaar, platinblondes Frauenhaar, auf goldene Halsketten, auf Tattoos und gepiercte Augenbrauen, schnelle Schnitte. Edda sitzt jetzt in einem grünsamtenen Sessel, beide Arme auf den Lehnen. Sie trägt eine bunt gemusterte Bluse, aber auch die bunte Bluse ist bis zum Kinn zugeknöpft, unter den Achseln zeichnen sich Schweißflecke ab. Ihre ganze Haltung wirkt hölzern-naiv, das Haar ist zu zwei dünnen Zöpfen geflochten, die Psoriasis hinter dem Ohr steht in voller Blüte.

Der erste Gast ist Smutje. *Von Herz und Schmerz* ist der Titel der Show, soeben quer eingeblendet. Das ist wirklich Smutje, wird ihm nach ein paar Minuten klar. Für Smutje sind alle diese Leute gekommen, die sonst nie einen Ort wie die Volksbühne betreten würden. Das Publikum johlt. Smutje ist unser Gast heute Abend, sagt Edda aufgekratzt, *der* Smutje. Den Älteren unter uns, fährt sie fort, ist Smutje eine lieb gewordene Erinnerung, Fleisch gewordener Biedersinn. Der Jubel bricht ab. Lieber Smutje, wendet sich Edda an Smutje, unser Schiffskoch in rauer See, haben Sie eigentlich nie schlaflose Nächte, wenn Sie an das ungenießbare Zeug denken, das Sie uns früher aufgetischt haben, das Giftgemisch, das Sie auch heute noch zusammenbrauen …

Parodie? Persiflage? Verarsche?

Kann man das so oder so sehen?

Er sucht nach Hilfe, nach Erklärung, nach Kritik. Und findet vor allem Zustimmung. Mit *TalkTotal* habe

Edda Pratt sich in der avantgardistisch-experimentellen Theaterwelt endgültig etabliert, man erwarte noch viel von ihr. Die Krise des deutschen Theaters sei vorbei, Performance-Installation sei die neue Zauberformel.

Für das aktuelle Stück, *Bananen in Sibirien*, liest er, habe Edda ausschließlich Laiendarsteller verpflichtet. Mit großer Spannung werde *Bananen in Sibirien* erwartet. Allerdings frage man sich, wie lange es denn noch dauern werde, bis das Stück fertig sei. Die einzige kritische Stimme, er möchte sie umarmen: Edda Pratts angeblich so neuartiges, immersives Theater seien einfach bloß Machtspiele zum Mitmachen, lifestyliges Ekeltheater, gewalttätige Antikonvention, keine Provokation sei zu billig und die Regisseurin in der Hauptrolle.

Und immer wieder stolpert er über den Namen einer jungen Schauspielerin: Katerina Jeschek. Tot in ihrer Berliner Wohnung aufgefunden. Alles habe sie Edda zu verdanken, erzählt Katerina Jeschek in einem Interview kurz nach ihrem Durchbruch mit *Draußen bleiben*. Sie habe im McDonald's am Bahnhof Lichtenberg gearbeitet, kaum habe sie Deutsch gekonnt, als Edda, nach Mitternacht sei es gewesen, sie angesprochen habe. Für die Hauptrolle in *Draußen bleiben* habe sie sie einfach so engagiert. Was, fragt der Journalist, ohne Vorsprechen? Jaja genau, sagt Katerina, einfach so, und das sei ihr Glückstag gewesen, ihr Superglückstag.

»Woran starb Katerina Jeschek?«, titelt ein Online-Magazin. Nach dem großen Erfolg in Edda Pratts *Draußen bleiben* sei sie für *Bananen in Sibirien* überraschend nicht besetzt worden. Sie sei in den sogenannten *outer circle* versetzt worden, wird eine Freundin Katerina Jescheks zitiert, eine anscheinend willkürliche Herabstufung, eine Demütigung, um die Mitglieder des Kollektivs gefügig zu machen. Nichts von alldem sei bewiesen, lässt Eddas Assistentin verlauten, man prüfe, ob man juristisch gegen diese Anschuldigungen vorgehen werde.

Er friert.

Warum bloß hat er den Ofen nicht angemacht? Er macht den Ofen an, geht zur Terrassentür, öffnet sie, Taxi, sst, ruft er in die Nacht hinaus. Sie kommt, streckt sich, gähnt. Komm, sagt er, komm hier zu mir aufs Sofa. Sie will nicht. Komm, befiehlt er, bitte. Steif klettert sie auf das Polster und rollt sich in der Ecke ein. Er wickelt sich in eine Wolldecke und setzt sich neben sie. Er spürt ihren Widerwillen. Vorsichtig legt er die Hand auf ihren warmen atmenden Körper, und nach einer Weile entspannt sie sich, dreht sich auf den Rücken, er darf sie sogar am Bauch kraulen. Siehst du, sagt er, siehst du.

Ines ist, solang er sie nun kennt, doch eher eine Neinsagerin gewesen. Nie eine Folgerin, eine Gehorcherin. Will jemand zu viel von ihr oder etwas, das sie nicht zu geben bereit ist, sagt sie Nein. Bisweilen dauert es etwas, so wie damals mit ihrem studentischen Engagement, bis sie sich über ihr Widerstreben klar wird, aber am Ende steht ein Nein. Nie mehr wolle sie tun, was sie nicht will, hatte sie bei der Beerdigung ihres Vaters gesagt. Und ihre Entschlossenheit hat ihn kaum je daran zweifeln lassen, dass sie genau weiß, was sie tut, also, so der logische Schluss, weiß sie auch jetzt, was sie tut.

Wer irrt sich, sie oder er?

Er stellt sich vor, wie die beiden Frauen in Eddas Berliner Wohnung sitzen, in der Küche oder auf dem Sofa im Wohnzimmer, wie sie eine mögliche dramaturgische Wendung oder Wirkung diskutieren, wie Edda zuhört, was Ines zu sagen hat, Einwände formuliert, Ines sie schlüssig widerlegt, Edda einen Schluck Wein nimmt, nickt. Wie sich Eddas Theatererfahrung mit Ines' Lebenserfahrung verbindet, wie fruchtbar dieses Gemisch wird, eine produktive Symbiose, wie in dieser Küche oder diesem Wohnzimmer nach und nach relevante Kunst entsteht. Eine Szene, bei der später jeder gern dabei gewesen wäre.

So könnte es sein.

Man mag, denkt er, von ihren Arbeiten halten, was man will, eines aber ist nicht zu übersehen: Edda ist eine anerkannte Größe. Hoch professionell und vor allem: hoch subventioniert. Vordergründig unkonventionell, aber eigentlich mainstream. Perfekt erfüllt sie die Erwartung ihrer Kreise nach unkonventioneller Kunst. Eine mustergültige Künstlerinnenbiografie. Dass es Leute gibt, denkt er, die alles bekommen, deren Weg nur aufwärtsführt, während andere immer wieder neu beginnen müssen. Schon bei Jasper hat ihn das gefuchst. Er schließt die Tabs bis auf das Video, er starrt auf das Display, auf das angehaltene Bild mit Eddas Gesicht. Auf den schrägen, zum Sprechen geöffneten Mund mit den arrogant nach unten gezogenen Mundwinkeln, auf die von schweren Lidern halb verdeckten Augen. Überlegene Verachtung, gemischt mit kindlicher Verwunderung. Hass. Diese vernichtend berechnende, dreckige Fratze, es fühlt sich gut an, Edda zu hassen und nicht Ines.

Er tritt hinaus auf die Terrasse, Taxi folgt ihm und verschwindet in der Dunkelheit. Eine Weile steht er bloß da. Genießt das Gefühl des Hasses. Hab ich dich durchschaut, enttarnt. Ines kann nichts dafür. Nein. Doch. Nein! Der Himmel ist bedeckt, Sterne sind keine zu sehen. Taxi, ruft er, Taxi? Drüben beim Asternbeet sieht er eine Bewegung.

Sieht er Ines sitzen, dort drüben beim Asternbeet unter dem Sonnenschirm. Ihr zu Füßen Taxi, daneben spielt Lea mit den Blättern der Blumen. Er kommt von einem Hausbesuch zurück, steht am Tor und beobachtet seine Familie; würde ihn seinerseits jemand beobachten, würde der sich über das dümmlich zufriedene Grinsen auf dem Gesicht dieses Mannes wundern.

Da beginnt Lea zu schreien. Zetermordio. Er stürzt hin. Erst sieht er nichts. Dann sieht er die Kröte zwischen den Astern, und dann sieht er die Ringelnatter. Ein schönes stattliches Exemplar. Das linke hintere Bein der Kröte ist bereits im Schlund der Schlange verschwunden, die Kröte versucht zu entkommen, ihre Vorderbeine und das noch freie Hinterbein rudern träge, sie stößt hohle Laute aus, er hält Taxi am Halsband fest, Ines drückt Lea an sich, legt ihr die Hand über die Augen, Lea schreit und kreischt und wehrt sich, mach was, sagt Ines, mach doch was. Was soll ich denn machen, sagt er, dann geh halt rein mit ihr. Aber sie bleibt. Und während sie alle nicht wegsehen können, rutscht der Krötenkörper langsam, unaufhaltsam, in den Schlangenschlund, Lea hat aufgehört zu weinen, beinah aufgehört zu atmen, sie beide versuchen abwechselnd ihr zu erklären, was da gerade geschieht, Hunger habe die Schlange, so sei das in der Natur, schau, die Augen, flüstert Ines, die Augen, die Kröte ist jetzt komplett ruhig, wie betäubt oder auf eine schreckliche Weise einverstanden mit ihrer Einverleibung, die Fingerchen starr gespreizt, nur Kehle und Flanken beben, ihre Augen sind blank und stoisch lebendig bis zuletzt. Sie sehen zu, bis die ganze Kröte in der Schlange verschwunden und die eben verspeiste Masse als mächtige Beule in die Schlangenmitte gewandert ist.

Es ist längst finster, als er am nächsten Abend endlich Feierabend macht. Ob sie schon zu Hause ist? Was soll er tun, was soll er sagen? Nichts, einfach darüber hinweggehen? Oder einen Streit anfangen? Sie ein für alle Mal zur Rede stellen. Wir oder die? Vielleicht wäre sie sogar froh? Er weiß nicht. Weiß wirklich nicht. Er kann sich nicht erinnern, sich so etwas schon einmal überlegt zu haben. Und was, wenn sie nicht zu Hause ist? Auf der Geraden hinter Strausberg summt sein Telefon. Lenni!, klingt es vertraut am andern Ende. Wie erleichtert, wie unendlich erleichtert er ist, ihre Stimme zu hören! Ganz egal, was war, er hat ihr in diesem Moment verziehen. Bist du schon zu Hause?, fragt er. Ja, gerade angekommen, ich hab mir am Bahnhof ein Taxi genommen, und du? Bin gleich da. Er gibt Gas. Der Wagen gleitet auf der Landstraße dahin, wippt und schaukelt, beinah hat er das Gefühl, gleich abzuheben, kurz vor Hohenstein holt er ein Auto mit Pferdehänger ein. Ausgerechnet jetzt kommt Gegenverkehr. Ruhig, ruhig bleiben! Ein schwaches Licht beleuchtet den Innenraum des Hängers. Er sieht das mit einer karierten Decke verhüllte Hinterteil eines Pferdes, der Schweif hängt über der Klappe und bauscht sich in den Verwirbelungen des Windschattens. Ein Stück des Halses kann er erkennen, den Glanz im rechten Auge des Tieres und die Ohren, die sich in trägem Spiel mal seitwärts, mal nach hinten, mal nach vorne drehen. *Hidalgo* fällt ihm ein. Die Weite der Prärie, die Freiheit, die Hidalgo erwartet, in einer Richtung so unwägbar wie in der anderen, nur mit Glück würde er sie länger als ein paar Jahre überleben, während ein Pferd in Gefangenschaft, hat er irgendwo mal gelesen, dreißig Jahre oder älter werden kann.

Hinter der Ortschaft würde er bestimmt überholen können, aber hinter der Ortschaft beschleunigt das Gespann auf fast hundert Stundenkilometer, der Hänger schlingert, manchmal hüpft er über eine unebene Stelle. Das Pferd scheint diese Fahrweise gewohnt zu sein, es zeigt keinerlei Unruhe, im Gegenteil, es zupft sogar etwas Heu aus dem Netz, das direkt vor seiner Nase hängt. Da spürt er einen kurzen harten Schlag vorne rechts, reflexartig tritt er auf die Bremse.

Wird nichts gewesen sein, denkt er, lenkt den Wagen aber dennoch auf den Grasstreifen und hält an. Er nimmt die Taschenlampe aus dem Handschuhfach und geht nach vorne. Nichts zu sehen. Dann geht er ein Stück zurück. Und dort am Straßenrand, im Kegel der Taschenlampe, sieht er etwas liegen. Er sieht, wie das, was dort liegt, sich bewegt. Weiterfahren, vergessen. Aber er kann nicht anders, er muss nachsehen, ob dem Tier noch zu helfen ist. Ein Feldhase, ein stattliches Exemplar. Ein Hase, der noch nicht tot ist. Dessen Vorderbeine zucken, während die Hinterbeine ruhig daliegen. Der Hase schreit. Er hat gar nicht gewusst, dass Hasen schreien können. Auch Peter könnte dem Hasen nicht mehr helfen.

Hätte er bloß nicht angehalten. Jetzt muss er das Tier erlösen. Aber wie, womit? Er hat ja keine Pistole, er ist auch kein Tierarzt, er verfügt über kein Mittel, das so ein Tier schnell und schmerzlos töten würde. Er hat noch nicht mal Zeit, Peter anzurufen, er darf den Hasen nicht noch eine halbe Stunde leiden lassen, ihm bleibt nur eins.

Er holt den Wagenheber.

Er hofft, einmal Fallenlassen reiche.

Nichts sieht er mehr, nichts hört er mehr, hemmungslos heulend findet er sich neben dem toten Hasen sitzend wieder.

Irgendwann steht er auf.

Vorsichtig nimmt er den Kadaver, trägt ihn ein Stück ins Feld und bettet ihn in eine Furche. An überständigem Gras wischt er sich das Blut von den Händen.

Er setzt sich wieder hinters Steuer. Nie mehr möchte er Auto fahren. Aber er muss. Muss. Im Schritttempo fährt er weiter, die Scheinwerfer aufgeblendet, bei jeder noch so kleinen Bewegung am Straßenrand zuckt sein Fuß auf die Bremse, er braucht eine halbe Ewigkeit, bis er endlich zu Hause ist.

Wo warst du denn jetzt noch so lange, fragt Ines, bist du zu Fuß gekommen? Sie ist dabei zu kochen, er geht ins Bad, wäscht sich die Hände; den Dreck und das Blut, fällt ihm auf, hat sie gar nicht bemerkt. Hast du dich bei Lea entschuldigt wegen gestern, sagt er. Sie nickt. Wie konntest du nur, sagt er. Was machst du denn da, sagt sie und nimmt ihm das Handtuch weg, deine Hände sind ja schon ganz rot.

Abgesehen von Fliegen und Mücken hat er noch nie ein Lebewesen getötet, noch nicht mal eine Maus. Wie mag sich das für Peter anfühlen, der täglich Tiere tötet. Tiere erlöst. Weißt du eigentlich, hatte ihn Peter mal gefragt, dass Tierärzte die höchste Suizidrate aller Berufsgruppen haben. Nein, wundert ihn nicht. Wundert ihn gar nicht.

Wie war's denn gestern, fragt Ines beim Essen.

Lea war toll, sagt er, und die Rolle war gar nicht mal so klein, sie musste sogar was sagen, Yippie … und: so 'n Quatsch! Lea starrt bloß auf den Teller. Auch er hat keinen Hunger. Ob er nun doch fragen sollte, warum sie das getan hat gestern, nachbohren, stochern, ob diese Entscheidung für Edda und gegen Lea sich für sie richtig angefühlt habe. Wessen Bedürfnis schwerer zu wiegen hat und warum.

Eddas Stiefmutter gehe es zum Glück besser, sagt Ines, sich Gabel um Gabel in den Mund schiebend, eine tolle Frau sei Elsa, sagt sie kauend, mit über neunzig habe sie ihre Autobiografie veröffentlicht, sie sei gerade dabei, sie zu lesen. Wie Brecht sei Elsa in Stockholm gewesen, 1939, und nicht nur das, sie habe Brecht sogar mal getroffen. Als ganz junges Mädchen. Stell dir vor!

Mama!, sagt Lea.

Ines, sagt er, findest du das jetzt wirklich passend? Wieso, sagt sie patzig, ich habe mich doch entschuldigt, wollt ihr jetzt die nächsten vierzehn Tage schmollen? Meinst du wirklich, das reicht? Schwärmst uns hier von dieser Superfrau vor? Bist du eigentlich noch bei Trost?

Schrei nicht so, sagt sie.

Doch, schreit er. Offenbar geht's nicht anders, offenbar kapierst du sonst nicht, was du anrichtest. Du kannst so nicht weitermachen. Merkst du eigentlich nicht, wie diese Frau dich ausnutzt, wie sie dich manipuliert? Merkst du überhaupt noch was in deinem Edda-Wahn?

Papa!, sagt Lea, Tränen in den Augen.

Geh nach oben, sagt er.

Schweigend steht auch Ines auf, zieht sich Mantel und Schuhe an. Da ist er schon bei der Tür. Du gehst jetzt nicht, sagt er. Wir diskutieren das jetzt aus. Du setzt dich wieder hin. Sofort. Ist das dein Ernst, du willst … ich fass es nicht! Was für eine beschissene Dialektik, wird ihm bewusst, ist er tatsächlich dabei, sie einzusperren, damit sie nicht geht und sich selber einsperrt? Er traut ihr nicht mehr. Glaubt nicht, dass sie einfach nur wandern will. Du bist ja, sagt sie giftig, zerfressen von Eifersucht. Du musst einfach auch mal raus aus deiner Komfortzone, was führst du denn für ein Leben, zäh und grau, das ist doch kein Leben, mal wieder was machen, wovor du Angst hast, das du eigentlich ablehnst, mutig sein. Weißt du überhaupt noch, wie sich das anfühlt?

Er sieht sie an. Ein langer Blick.

Sie hält ihm stand.

Aber Ines, sagt er und schüttelt den Kopf.

Siehst du das denn nicht, denkt er. Siehst du nicht, wie abhängig du schon von dieser Frau bist, hörig bist du, das hat doch nichts mehr mit Freundschaft zu tun, so einen Preis kannst du doch nicht zahlen wollen für deinen Theatertraum. Hörig. Was für ein Wort für eine Frau wie Ines. Er versucht, sie zu durchdringen, zu ihr durchzudringen, zu den Eigenschaften, von denen er bisher geglaubt hat, sie wären unveränderbar, ausgereift, sie machten ihre Persönlichkeit aus.

Es tut mir leid, sagt sie da plötzlich in versöhnlichem Ton, ich geb's ja zu, das hätte ich vielleicht vorher mit dir absprechen sollen. Nein, sagt er, nicht absprechen, hierbleiben hättest du sollen. Das konnte ich nicht. Siehst du, genau das meine ich, was wäre denn passiert, wenn du Nein gesagt hättest? Was befürchtest du? Wenn du einfach gesagt hättest, Lea gehe vor, du könntest sie nicht enttäuschen, das hätte Edda doch sicher verstanden. Und wenn nicht, dann ist das doch keine Freundschaft, dann ist das doch eine Person, von der man sich fernhalten muss. Oder? Ines? Er legt ihr beide Hände an die Wangen, siehst du das anders? Das kannst du doch nicht anders sehen, ich kenne dich doch. Lass mich gehen, sagt sie und macht sich frei, ich brauche frische Luft.

Wer ist sie. Wer ist er. Sind sie geworden, was sie sind, durch den jeweils anderen. Wer kann das wissen. Was ist überhaupt das Eigene. Das echte Eigene. Nur eine Idee?

Er sieht hinunter auf den See – dieses letzte Puzzleteil –, der dort, wo Licht auf die schwarze Fläche fällt, zart lebendig schimmert. Jede einzelne Minute verwandelt sich in eine beängstigende Unendlichkeit. Er könnte nicht leben ohne sie. Könnte er leben ohne sie? Wenn er müsste?

Nach zwei Stunden ist sie zurück.

Vielleicht erwartest du zu viel von mir, sagt sie, sich ein Glas Wein einschenkend, willst du auch? Vielleicht bin ich anders, als du denkst. Sie setzt sich im Schneidersitz auf den Sessel. Als mache sie seine übertriebene Sorge traurig, sieht sie ihn an. Als bedaure sie ihn für seine Unfähigkeit, sich überhaupt noch für etwas zu begeistern, während sie selber noch mit über fünfzig in der Lage ist, für eine Sache zu brennen. Für Eddas Sache. Als erkenne auch sie ihn nicht wieder.

Lass uns schlafen gehen, sagt er.

Das, überlegt er, während er ins dunkle Nichts ihres Schlafzimmers starrt, das, was hier mit uns geschieht, ist ganz und gar nicht der normale Lauf einer langjährigen Beziehung. Nicht das Ergebnis einer latenten Langeweile, des zunehmenden Überdrusses, Midlife-Crisis. Das ist nicht der vorhersagbare Ausbruch aus einem Hamsterrad, einem sich unerträglich unendlich wiederholenden Alltag. Die große Liebe ist vorbei, so wie jede große Liebe irgendwann vorbei ist. Geblieben ist – bis vor ein paar Wochen oder Monaten – ein vertrautes Gefüge ohne Firlefanz, eine solide Verlässlichkeit. Insgeheim ist er ja immer ein bisschen stolz darauf gewesen, dass sie die gegenseitigen Erwartungen auf ein Minimum hatten reduzieren können, niemand musste zur Versöhnung Blumen kaufen oder ein besonders raffiniertes Essen kochen, bisher brauchten sie keine romantischen Urlaube, um wieder zueinanderzufinden. Keiner schwieg oder verweigerte Zärtlichkeiten, um den anderen gefügig zu machen.

Das ist, er hat keine Ahnung, was es ist. Es gibt doch diese Fälle. Menschen, die alles haben, Kinder, die in harmonischen Verhältnissen aufgewachsen sind, gewaltfrei erzogen, bedingungslos geliebt, keine Probleme in der Schule, viele Freunde, massenhaft Talente und glänzende Perspektiven. Und dann. Dann bringen sie eines Tages jemanden um, der im Park spazieren geht. Wegen nichts. Als ob eine unheilvolle Macht sie zwänge, ihre intakte Existenz in Grund und Boden zu rammen.

Er schreckt hoch. War da nicht ein Geräusch? Verharrt. Horcht. Die Uhr über der Labortür zeigt vierzehn Minuten nach Mitternacht. In Grund und Boden rammen. Jetzt hört er es ganz deutlich, Schritte. Die näher kommen. Er ist noch nie nachts im Institut geblieben. Die nächtlichen Routinen an diesem Ort sind ihm fremd. Vielleicht sollte er jetzt doch nach Hause gehen, ist ja nicht weit. Keine Nachricht. Weder von Pablo noch von Lea. Gut. Dann hört er das leise Tacktack des elektronischen Schließsystems. Dieses System, das ihn schon mehrmals ausgeschlossen hat. Nicht nur ihn, auch Jasper. Die Tür geht auf. Ein Mann in Uniform. Richtig. Der Sicherheitsdienst. Das Licht. Das einzige Licht im ganzen Gebäude hat ihn wohl angelockt. Licht. Sie stehen einander gegenüber. Zwei Männer. Sie beide kennen sich nicht. Der andere: in den Vierzigern, muskelbepackt. Am Hals ein Tattoo, den oberen Rand eines Spinnennetzes. Guten Abend, sagt der andere Mann. Lenni setzt zu einer Erklärung an. Können Sie sich ausweisen?, unterbricht ihn der Mann. Wahrscheinlich reicht das Spinnennetz bis über Schulter, Oberarm und Brust, vielleicht lauert eine Spinne in seinem Zentrum. Hier, sagt er, und deutet auf den Badge an seinem Kittel.

Ob das wohl erlaubt ist, solche sichtbaren Tattoos? Bei der Polizei, glaubt er irgendwo gelesen zu haben, sind sichtbare Tattoos nicht erlaubt. Oder ging es um rechtsextreme Tattoos, Hakenkreuze, ss-Runen, die auch unsichtbar nicht erlaubt sind. Der Sicherheitsmann nickt. Gute Nacht. Tippt sich mit dem Zeigefinger kurz an die Stirn. Lenni hört die Tür zufallen, die Schritte sich entfernen. Oder hat er sich schon vorhin bloß eingebildet, Schritte zu hören. Einmal, noch draußen in Bollersdorf, gerade als er sich schlafen legte, ging die Sirene im Dorf los, wochenlang danach hörte er zuverlässig die Sirene, sobald er sich hinlegte. Plötzlich beneidet er den Sicherheitsmann. Für die Leichtigkeit, mit der er sich durch das Gebäude bewegt.

Als könnte er nicht auch einfach gehen. Als könnte er schon, aber wollte nicht. Als wäre das Nichtwollen stärker als das Können. Als bliebe er freiwillig hier. Vollkommene Stille. Stillstand: Ines hatte recht. Vorne an der Straße versperrt ein Stahlgitter den Zugang zum Innenhof des Instituts. Tagsüber sitzt dort ein Pförtner. Ein Mensch, der dich kommen und gehen sieht. Der die Grenze markiert, den Zugang kontrolliert. Für Sicherheit sorgt. Sich seins denkt. Als Ines und er vor Urzeiten mal in New York waren. Er war eingeladen, einen Vortrag zu halten, sie wohnten für die Zeit in einem Appartementblock der Universität, an dessen Eingang 24/7 ein Doorman saß. Lenni erinnert sich, wie er sich nach ein paar Tagen unwohl fühlte, genötigt, bei jedem Gehen oder Heimkommen etwas Nettes zu sagen, danke, have a nice day, how are you. Geht dir das auch so?, fragte er Ines.

Wie lange steht er schon still? Am Fenster. Starrt in die Dunkelheit. Starrt gebannt auf das tickende rote Licht in einem der Räume gegenüber. Erwartet jeden Moment die Explosion.

Das kleine rote Auto am Straßenrand vor ihrem Haus. Schon wieder. Schonwieder also. Er schluckt. Er schwitzt. Ihr Zuhause, so kommt es ihm vor, ist nicht mehr dicht, jemand hat die Hülle angestochen, unaufhaltsam sickert der Lebenssaft hinaus. Und nichts vermag dieses Loch zu stopfen. Taxi, komm, ruft er, sie springt auf den Beifahrersitz. Dann aber fährt er nicht weiter, sondern bleibt stehen vor dem Tor. Zwei, drei Mal öffnet er die Finger und schließt sie wieder. Fest um das Lenkrad.

Die Frauen sitzen auf dem Sofa und unterhalten sich, Ines lacht gerade laut auf, Edda schüttelt den Kopf. Sie scheinen ihn nicht zu bemerken.

Hallo, sagt er.

Muss ich, fragt er sich, all das wirklich geschehen lassen?

Edda dreht sich um und sieht ihn an.

Als wäre das hier ihr Zuhause und nicht seins. Als wäre er jemand, der unbefugt eingedrungen ist.

Auf ihrem Schoß liegt ein rotes, dickes, abgegriffenes Buch. … *zum Kampf für die Sache … und Stalins*, kann er lesen, wo ihre fetten Finger den Titel nicht verdecken, *Seid bereit*, umkränzt mit Lorbeerzweigen.

Na, Recherche?, sagt er munter.

Ihm ist schwindlig. Dreht er den Kopf, wird es schlimmer. Das ganze Wohnzimmer dreht sich. Er stützt sich auf die Sofalehne. Sieht man ihm nicht an. Nein. Niemand sieht ihm seine Schwäche an. Ich geh mal hoch, sagt er.

Hätte sie ihn nicht so angesehen vorhin.

So anmaßend, frech und siegesgewiss. Dann würde er wohl wirklich hochgehen. Ins Schlafzimmer und sich hinlegen, Augen zu.

Ich möchte, sagt er stattdessen, dass du gehst, Edda.

Er fragt sich, ob er das darf, jemanden wegschicken, den Ines eingeladen hat. Ob das jetzt eine Kriegserklärung ist. Wenn ich schon nicht verhindern kann, dass die beiden Frauen sich treffen, muss ich aber unbedingt verhindern, dass sie sich hier treffen. Er will sie nicht mehr in seinem Haus haben, in ihrem Zuhause, wie ein giftiges Ungeziefer kommt sie ihm vor, das er um jeden Preis vertreiben muss. Edda hebt den Kopf, ein Lächeln umspielt ihre wulstigen Lippen. Lenni!, sagt Ines. Geht's noch? Er ist nicht wütend, er hat nicht laut gesprochen. Er ist bereit zum Kampf.

Bisher hat er ja immer gelogen.

Edda eingeladen damals, obwohl er sie nicht hat einladen wollen. Interessantes Projekt, hat er gesäuselt, dabei interessierte es ihn einen feuchten Kehricht. Die artige Bemerkung vorhin schon wieder. Besänftigen, beschwichtigen statt klare Kante. Bist du nur lieb und nett genug, hat er geglaubt, kann die Wirklichkeit gar nicht anders, als auch lieb zu sein.

Wenn du meinst, sagt Edda nur und steht auf. Als habe sie es gar nicht nötig zu kämpfen.

Nein, sagt Ines beinah hysterisch, du bleibst, er geht.

Lass, sagt Edda.

Er nimmt ein Bad. Durchs Dachfenster sieht er den Mond, »Z«, wie zunehmend. Kommt ihm vor wie ein schlechtes Omen. Erst als das Wasser schon kalt ist, steigt er aus der Wanne, trocknet sich ab und geht hinüber ins Schlafzimmer. Ines? Legt sich ins Bett. Fast sofort gleitet er in einen flachen, flatterigen Schlaf.

Sie sitzen im Flugzeug, Lea zwischen ihnen, fest und sicher angeschnallt, bereit zum Start. Wohin sind sie unterwegs? Jetzt fällt es ihm ein, nach Edinburgh zum Theaterfestival, Ines hat sich das lange schon gewünscht, auch das war ein Geburtstagsgeschenk, das ist kein Traum, denkt er im Traum. Der Pilot begrüßt die Fluggäste mit Eddas dunkler Stimme und informiert: Die Flugzeit von zwei Stunden würde sich voraussichtlich um drei oder vier Jahre verlängern, da mit starken Gegenwinden zu rechnen sei, und dann lacht sie hämisch oder böse oder fröhlich, und als sie zur Startbahn rollen, sitzt neben ihm, statt Lea, ein blutiger Hase. Halt!, schreit er. Stopp!, panisch fingert er an seinem Gurt herum. Halt, schreit er. Stopp. Stramm spannt sich der Gurt um seinen Schoß, er fummelt und kratzt und reißt und schreit, während die Maschine weiterrollt und alle Passagiere vollkommen gelassen dem Start entgegensehen, selbst Ines sitzt entspannt in ihrem Sitz und liest in einem dicken Buch, um ihren Kopf windet sich ein Lorbeerkranz, ganz so, als gäbe es diesen Horror nicht, und schließlich gibt er sich dem Gurt, der ihn auf dem Sitz hält, geschlagen, der, je wilder er sich aufbäumt, sich umso unnachgiebiger zeigt.

Am Morgen wundert er sich, dass Ines nicht neben ihm im Bett liegt. Er geht hinüber in ihr Arbeitszimmer. Aber auch hier hat sie offenbar nicht geschlafen. Leas Tür ist bloß angelehnt, vorsichtig stößt er sie einen Spaltbreit auf. Sie liegt auf dem Rücken, die Arme seitlich neben dem Kopf, die Hände halb zu Fäusten geschlossen. Ihr Gesicht im Schlaf ganz kindlich. Alles gut, sagt er so leise, dass nicht einmal er selber es hört.

Unten, auf dem Couchtisch, findet er einen Zettel: »Ich. Bin. Nicht. Dein. Eigentum.« Er hebt den Blick. Sieht Brust, Hals, Gesicht bis zur Nase im Spiegel, der quer über dem Sofa hängt. Er müsste die Knie beugen, um sein Gesicht ganz zu sehen.

Letztens hat er Ines einmal vor diesem Spiegel beobachtet. Mit hängenden Schultern stand sie da und stierte auf ihr Ebenbild. So, als würde sie sich selbst nicht wiedererkennen. Als fragte sie sich ernsthaft, woher diese Person so unerwartet kommt. Keine Mimik, sehr blasse Haut und dieser glotzende Blick. Als fragte sie sich, ob man Spiegeln wirklich trauen kann.

Zahnbürste im Mund, Schaum tropft ins Waschbecken, halbwüchsiger Lenni, erinnert er sich, genauso: Kann man Spiegeln trauen? Mimikry, Schwebefliegen, getarnt mit den Farben wehrhafter Vorbilder. Hoffte er, die Tarnung veränderte nicht nur sein Äußeres, sondern auch sein Wesen? Oder war es etwa gar keine Tarnung? Dort, bei Hilmar, war er ein Fremder, und in seiner Familie war er inzwischen ebenfalls ein Fremder. Wer bin ich, fragte er sich, wer werde ich sein? Wenn er zu Hilmar ging, sagte er, er gehe zum Fußballspielen. Ein Lügner war er, ein Lügner.

Sonntagabend platzt sie in seine Lektüre. Er sitzt im Sessel und hat die *Ärzte Revue* auf dem Schoß. Die du ja sowieso nie liest, erinnert er sich, hat sie neulich gesagt. Doch, lese ich. Er hebt kurz den Kopf, als Ines munter zur Tür hereinkommt, zu munter. Keine Sekunde, wird ihm bewusst, hat er daran gezweifelt, dass sie wiederkommt.

Mama Daktari, liest er, eine schweizerisch-französische Ärztin, Anne Spoerry mit bürgerlichem Namen, hat ihr Leben damit zugebracht, in einer Propellermaschine unwegsame Gebiete in Kenia anzufliegen, um Menschen zu helfen. Hochverehrt ist sie im Jahr 1999 gestorben. Er hört Ines drüben in der Küche kramen, er blickt auf, sie öffnet den Kühlschrank, nimmt die Milch heraus, trinkt. Kurz nach Mama Daktaris Tod stößt ein Neffe auf Unterlagen aus dem Krieg; dieselbe Anne Spoerry hat im Konzentrationslager Ravensbrück gefoltert und getötet. Als Freundin einer gewissen Carmen Mory, einer Doppelagentin aus der Schweiz, die Block 10 als Kapo vorstand. Spoerry sei fasziniert gewesen von Mory, sie sei ihre Sklavin gewesen, hat eine Zeugin zu Protokoll gegeben.

Ist doch auch so, wenn man beispielsweise schwanger ist. Oder aber wenn man nicht schwanger werden kann. Dass man plötzlich überall schwangere Frauen sieht. In letzter Zeit liest er ja ständig von solchen Dingen. Von Leuten, die andere Leute manipulieren. Von Leuten, die ganz anders sind, als man geglaubt hat. Zeichen oder Zufall? Nichts von beidem, ist ihm natürlich klar. Fokussierung. Ganz normal, wenn man sich mit einer Sache intensiv beschäftigt. Ein gehirneigener Algorithmus sozusagen, eine Täuschung; nicht die ganze Welt ist auf einmal voller schwangerer Frauen. Oder voller missbräuchlicher Macht. Obwohl …

Gehen wir runter in die Stobbermühle?, fragt Ines, hast du Lust?

Aber nur, lacht er, wenn du deinen Milch-Schnauzer abwischst. Ich frag mal Lea, ob sie mitwill, Lea, ruft sie, Lea? Der unbefangene, ja, fröhliche Ton irritiert ihn, als wäre nie etwas gewesen, oder als wollte sie etwas wiedergutmachen. Sind das die Früchte seiner freitäglichen Entschlossenheit? Was ist? Lea steht auf der Treppe, wir gehen in die Stobbermühle, kommst du mit? Sie schüttelt den Kopf und verschwindet im oberen Stock.

Unten am See nimmt Ines seine Hand. Als habe sie ihn geschlagen, erschrickt er. Ich bin's, lacht sie, ich bin's doch nur. Kurz hat er den Impuls, sich zu entschuldigen wegen Freitag. Schweigend nebeneinanderher gehen sie eine ganze Weile, und es ist kein missmutiges Schweigen wie in letzter Zeit oft, es ist ein warmes, ein zutrauliches Schweigen, jede Sekunde, jede Minute dieser unverhofften Nähe versucht er zu genießen. Die Dunkelheit am Ufer ist vollkommen, die Bungalows sind alle unbewohnt zu dieser Zeit des Jahres. Schmatzend dümpelt das Wasser an den sandigen Strand, er schließt die Augen und lässt sich von Ines führen, sicher über Steine, über Gräben und Rinnsale, bis der Weg zu schmal wird und sie hintereinandergehen müssen.

Ob Kasper die Scherri diesen Winter nicht aus dem

Wasser nimmt?, fragt er, als sie auf Höhe der Strandpromenade an der Anlegestelle vorbeikommen. Tut er doch nie, sagt Ines. Echt? Nein, sagt sie, wir könnten ja auch mal wieder eine Rundfahrt machen. Klar, lacht er, aber lieber im Sommer. Seine Jacke ist zu dünn, sie hält den Wind nicht ab, der scharf und kalt längs des Sees streicht. Wart ihr noch mal bei Eddas Mutter, fragt er, ermuntert durch Ines' Vorschlag. Da schnarrt ihr Handy. Etwas zu hektisch klaubt sie es aus der Jacke, sie hat, wundert er sich, statt ihres alten Knochens, auf dem sie bisher bestanden hat, jetzt ein Smartphone. Nachdem sie einen Blick auf das Display geworfen hat, steckt sie es mit einer schroffen Bewegung wieder ein.

Von einem Moment auf den anderen ist die Unruhe zurück. Was ist, fragt er, habt ihr euch gestritten? Sie schüttelt den Kopf. Um sie zu beruhigen oder zu ermutigen oder zu trösten, nimmt er wieder ihre Hand; diese Geste, mit der sie sich früher beiläufig, beinahe unbewusst, des anderen versichert hatten, ist in letzter Zeit eigenartig bedeutsam geworden, die Scheu vor einer Zurückweisung lässt ihn jedes Mal abwägen, ob es angemessen wäre, sie zu berühren. Ihre Hand ist eiskalt. Frierst du? Sie zieht die Hand zurück und schiebt sie stattdessen in die Tasche ihres Daunenmantels. Aber irgendwas muss doch gewesen sein, sagt er. Nein, sagt sie, nichts, das ist es ja. Alles war normal, bis heut Mittag. Und dann hat sie die ganze Rückfahrt, zwei Stunden lang, kein Wort mit mir gesprochen, und ich habe keine Ahnung, warum. Sie hat mit anderen telefoniert und gelacht, und mir hat sie nicht einmal geantwortet, wenn ich was gefragt habe. Ich muss irgendetwas falsch gemacht haben, aber ich weiß nicht, was.

Im Strandhotel gegenüber der Anlegestelle ist viel Betrieb, ein Banner über dem Eingang vermeldet Wellnesswochen, auf dem Bürgersteig in der Kälte steht ein glitzernd violett angezogener Mann, der aus einem Eimer Seifenblasen zieht. Von zwei, drei Spots angeschienen, wabern die fragilen Gebilde in die Höhe, drehen sich, schimmern in allen Farben des Regenbogens, um dann, eins nach dem anderen, vom kalten Wind erfasst und zerstoben zu werden.

Am Montag fährt sie nicht zu Edda nach Berlin. Auch am Dienstag nicht. Von Tag zu Tag wird sie nervöser. Sie schläft schlecht oder gar nicht. Kopfschmerzen, sagt sie, als er sie fragt, was los sei. Mittwoch kommt er nach Hause und sieht, dass ihr Blinker vorne rechts zersplittert ist. Was hast du denn da gemacht? An der Tankstelle jemanden nicht gesehen, faucht sie, kann doch jedem mal passieren. Ständig liegt das Smartphone griffbereit. Immer wieder schaut sie nach, ob nicht doch endlich eine Nachricht gekommen ist, wie gebannt fixiert sie das Gerät, als könnte ihr Blick die sehnlich erwartete Nachricht herbeizaubern.

Sie wartet.

Und wartet.

Wollen wir am Wochenende mal wieder wegfahren, schlägt er vor, nur wir drei? Hast du Lust? Ich weiß noch nicht, sagt sie. Was weißt du noch nicht? Keine Antwort. Vielleicht nach Hiddensee, sagt er. Ich weiß noch nicht, sagt sie. Wann weißt du es denn? Sie zuckt die Schultern.

Während des Abendessens am Freitag kommt die Nachricht. Er will sie eigentlich nicht lesen, aber ihr Smartphone liegt auf dem Tisch, sie ist zur Toilette gegangen, er wundert sich gerade, dass sie das Telefon nicht mitgenommen hat, da wird der Bildschirm hell, ein Fensterchen poppt auf, er kann gar nicht anders, als hinzusehen: *passt nicht! e*. Papa!, sagt Lea. Ich hab doch gar nichts gesehen, sagt er. Was schreibt sie? Psst, sagt er. Papa, flüstert sie, hast du dir eigentlich schon mal überlegt. Was überlegt, flüstert er zurück. Ob Mama vielleicht ganz anders ist, als du denkst? Als wir denken? Vielleicht ist da ein Keller in ihrem Kopf, zu dem wir keinen Schlüssel haben, wie in diesem Blaubartmärchen früher. Und in dem Keller ist ein Bottich mit Blut oder sonst was Schreckliches. Lea!, zischt er, und da kommt auch schon Ines zurück, schnappt sich das Handy, sieht die Nachricht, liest, wird blass, dann dunkelrot. Tippt etwas ins Telefon, schickt es ab und verfällt dann einer ziellosen Hektik. Sie vergisst das Essen. Sie geht von da nach dort, im Kreis. Sie öffnet Schränke, starrt minutenlang hinein und schließt sie wieder. Sie geht in den Garten und kommt mit leeren Händen zurück. Ines, sagt er irgendwann und hält sie fest, Ines, hör auf, bitte hör auf. Komm zu dir.

Da sackt sie zusammen.

Als wäre sie plötzlich schwer krank, physisch krank, gebrechlich, führt er sie hinüber zum Sofa, Ines, sagt er, rede endlich mit mir. Bitte! Wir geben nicht auf, wir schaffen das. Zusammen. Er merkt, dass ihm die Tränen kommen. Wie durchgestrichen ist sie. Als hätte man ihr genommen, was sie zum Leben unbedingt braucht.

Fahren wir morgen früh gleich los, spontan, so wie früher, alles vergessen für eine Weile, bist du dabei? Nichts anderes als eine Flucht, ist ihm klar, sie auf andere Gedanken bringen um jeden Preis, sie stärken, damit sie Edda in Zukunft etwas entgegenzusetzen hätte. Grete fällt ihm ein. Während Ines sich die größte Mühe gibt, ganz anders zu sein als ihre Mutter, übersieht sie Hänschen, der kichernd auf Eddas Schulter hockt. Hat es die ganze Zeit bloß so ausgesehen, als wüsste sie, was sie tut, und stattdessen hat sie nie aufgehört, nach einem Hans zu suchen? Ein Hans, der sich für andere zu entscheiden herausnimmt, was richtig und was falsch ist, überzeugt, dass es manchen Menschen an allem fehlen würde, wenn sie nicht ab und zu ein bisschen getreten werden. Und er, Lenni, ist ihr einfach nicht Hans genug, wer kann schon wissen, zu welch abstrusen Finten so ein Unterbewusstsein fähig ist?

Den restlichen Abend, die Nacht verbringt sie in einer Art Dämmerzustand. Mit Händen und Smartphone im Schoß sitzt sie dumpf auf dem Sofa. Komm, sagt er irgendwann, gehen wir ins Bett. Soll ich sie anfassen, überlegt er, in den Arm nehmen, darf ich das, lässt sie es zu? Wie kann ich sie sonst trösten, ich muss sie doch irgendwie trösten. Gegen Morgen hält er es nicht mehr aus. Er legt den Arm um sie, zieht sie an sich, ganz nah. Ihr Körper ist warm, aber ohne Leben, so fühlt es sich an. Er gräbt sein Gesicht in ihr Haar, sucht mit den Lippen ihr Ohr, alles gut, sagt er, alles gut. Nichts ist gut, weiß er ganz genau.

Lea will zu Hause bleiben, unbedingt, kommt nicht infrage, sagt er. Warum nicht, schreit sie hysterisch, du hast mir gar nichts zu sagen. Ines hingegen, wortlos, ohne jeden eigenen Antrieb, trägt die Taschen zum Auto, die er ihr in die Hand drückt, wie ein Tyrann fühlt er sich, dessen Untergebene zwar tun, was er verlangt, ihm dabei aber jede Freude verweigern. Ines' Haar ist strähnig, fettig, ihre Haut grau, sie hat gestern Abend nicht geduscht und heute Morgen auch nicht. Sie hat den blauen Mantel angezogen, der nur noch für Gartenarbeiten taugt, sie sieht aus wie eine Pennerin. Er holt ihren warmen gesteppten Daunenmantel. Brav zieht sie ihn an, er hängt den blauen Mantel wieder an den Haken. Taxi, ruft er, Taxi! Da kommt sie um die Ecke geschlichen, was ist denn mit dir los, will der Hund etwa auch hierbleiben? Damit man sie auch ja nicht vergisst, wartet sie sonst immer schon lange vor Abfahrt in der Nähe des Autos.

Lea setzt sich mit zugestöpselten Ohren auf die Rückbank, knallt die Tür zu. Das Wetter wenigstens scheint gut zu werden, klar und kalt, er schöpft Hoffnung. Pablo hatte ihnen damals auch diese Insel gezeigt, bei schönem Wetter schliefen sie am Strand oder auf den Klippen am Enddorn und bei schlechtem Wetter in einer der vielen privaten Pensionen. Weißt du noch, fragt er. Niemand sonst redet, die ganze Fahrt über, nur er, die Windräder, ein ganzer Windpark, also schön ist anders, schaut dort die Gänse, sind das Brandgänse?, machen wir eine Pause, ich muss sowieso gleich noch tanken.

Als sie über die Rügenbrücke fahren, sieht er im Rückspiegel, dass Lea endlich den Knopf aus dem Ohr nimmt, aber nur auf einer Seite. Sie reckt sich, blickt hinauf zur

Spitze des Pylons und dann hinunter auf den blauen Strelasund, auf die Segelschiffe, schneeweiße tanzende Reiskörner im Hafen, gedankenverloren, die Unterlippe zwischen den Zähnen, bis sie, kaum haben sie Rügener Boden unter den Rädern, den Knopf wieder ins Ohr schiebt.

Was ist denn das für eine Scheißkälte, sagt Lea, sich die Kapuze über den Kopf ziehend. Strenger Wind faucht vom Bodden her über den Parkplatz. Immerhin, denkt er, immerhin redet sie noch mit mir. Mit Ines verkehrt sie seit einer Woche nur noch einsilbig, frech, patzig. Nimmst du bitte Taxi, sagt er strenger, als er es eigentlich beabsichtigt hat.

Auf der Fähre sind nur zwei Handvoll Passagiere. Lea kommt mit ihm zum Heck, der Wind fegt aus allen Richtungen, in der Mitte der freien Fläche stehen dicht an dicht Plastiktüten voller Lebensmittel. Halt dich fest, sagt er, selbst hier im Bodden ist der Seegang beachtlich, sitz, befiehlt sie Taxi, sitz! Der Hund versucht, Halt zu finden auf den schmierig feuchten Planken, aber die Pfoten rutschen ihm seitlich weg, einmal jault er kurz auf. Sie kann nicht, sagt er, lass sie, er legt den Arm um Leas Schultern, ein paar Möwen segeln neben dem Boot, steigen, sinken, schreien, ich find's schön, sagt er, dass du doch mitgekommen bist. Als hätte sie eine Wahl gehabt.

Er hat extra kein Zimmer reserviert. Albern vielleicht, aber genau wie früher soll es sein, hat er gestern Abend gedacht, wie vor diesen heutigen Zeiten, in denen man ohne Sicherheiten keinen Fuß mehr vor die Tür zu setzen wagt, ohne weit vorab im Internet ein Zimmer zu reservieren und die Tickets für die Fähre, und gleich noch den Tisch bestellt für abends im Restaurant. Da waren sie manches Mal angekommen auf der Insel bei Regen spätnachmittags, sie waren von Haus zu Haus gegangen und hatten nach einem Zimmer gefragt. Und immer eins gefunden.

Als Erstes versuchen sie es im Hafenhotel in Kloster, Hitthim heißt das nun, die Rezeption ist unbesetzt, er klingelt, einmal, zweimal, die Frau, die irgendwann endlich auftaucht, hat schlechte Laune. Träte er zu forsch auf, ahnt er, würde sie kein Zimmer frei haben, reiß dich also zusammen. Die Frau hangelt zwei Schlüssel vom Brett hinter sich und schiebt sie über die Theke. Dritte Etage, sagt sie und weist mit dem Kinn zur Treppe, Frühstück von acht bis zehn, nicht später! Ines fragt noch nach den Zugangsdaten fürs Internet, es sind die ersten Worte, die sie seit einer gefühlten Ewigkeit spricht.

Sie beziehen zwei Zimmer mit Verbindungstür, Lea, wieder die Plugs in den Ohren, verschwindet sofort in ihr Zimmer. Aus dem Fenster sieht er zwischen Zweigen kahler Bäume hindurch auf den Hafen, auf die Handwagen, die, statt der hier verbotenen Autos zum Gepäcktransport bestimmt, in großer Zahl kopfüber auf einem Rasenstück lagern. Auf die paar Boote, die noch im Wasser liegen und von der Dünung vor und zurück geworfen werden. Es wirkt, als wehrten sie sich halbherzig gegen die Taue, mit denen sie am Quai festgemacht sind.

Die Fähre hat längst wieder abgelegt.

Komm, sagt er und dreht sich um, schnell schiebt Ines

ihr Smartphone unters Kissen, lass uns einen Spaziergang machen. Sie sitzt auf dem Bett, Sonne fällt auf ihr Gesicht, sie kneift die Augen zusammen. Ich hab's gesehen, lacht er gewollt lustig, kannst du dieses Telefon jetzt nicht mal bitte vergessen für eine Weile? Als wäre sie ein Junkie, als wollte er ihr den Stoff wegnehmen, den sie so dringend braucht, blickt sie ihn feindselig an. Sei doch nicht immer so unentspannt, hat sie kürzlich noch gesagt, niemand ist gegen dich, du bildest dir das ein. Nur eine Freundin.

Kein Mensch ist unterwegs, als er schließlich allein durch Kloster Richtung Enddorn wandert. In ihrem schräg-wiegenden Trab zottelt Taxi voraus, die Hinterläufe jeweils zwischen die Vorderläufe setzend, leicht schlurfend, kurz ist ihm, als gehe sie ungleichmäßig, als schone sie einen der Vorderläufe. Hat sie sich vorhin auf der Fähre wehgetan? Der eisige Wind kommt jetzt von der Seite, Taxi hat die Ohren nach hinten geklappt, das gibt ihr ein etwas missmutiges Aussehen, wenn sie ab und zu stehen bleibt und den Kopf wendet, um zu sehen, ob er ihr noch folgt.

Wenn sie früher draußen geschlafen haben. Im Sommer, dort oben noch ein Stück weiter am nördlichen Ende der Insel über den Kreidefelsen, geborgen zwischen Sanddornbüschen, im Blick Ausschnitte des Meeres. In einer Nacht hörte er dumpfes Donnern, kurz hatte er das Gefühl, die Erde unter ihnen bebe, Lenni!, kerzengerade saß Ines neben ihm im Zelt. Er kroch hinaus und sah: nichts. Der Himmel war sternenklar.

Am nächsten Morgen fanden sie mächtige Haufen niedergegangenen Gesteins am Strand, so weiß und weich, dass er nicht umhinkonnte, sich zu fragen, wie sie bloß einer derart instabilen Substanz ihr Leben hatten anvertrauen können. Auch wenn sie noch so weit hinter der Klippe auf mutmaßlich sicherem Grund geschlafen hatten – angesichts dieser sandig-bröckligen Masse schien es ihm nicht nur möglich, sondern wahrscheinlich, dass in naher Zukunft die halbe Insel ins Meer stürzen würde.

Linker Hand, weit oben, sieht er das Leuchtfeuer auf und ab flammen, er nimmt den Weg gleich hinter Grieben durch die Heide. Tatsächlich hat Edda zu Beginn ja auch ihn beeindruckt. Er versteht das einfach nicht. Wie konnte seine Wahrnehmung derart fehlgehen? Und hätte nicht auch Ines' Instinkt sie warnen müssen, ihr eigentlich gutes Gefühl für Menschen und Absichten. Was bleibt ihm zu tun? Ines ein Ultimatum stellen, Familie oder Edda; damit sie zur Besinnung kommt, damit ihr endlich klar wird, was auf dem Spiel steht. Er ahnt, sie würde sich die Freiheit nehmen, sich für Edda zu entscheiden. Sich die Freiheit nehmen, *sich die Freiheit zu nehmen*? Haha! Ganz egal, was diese Frau ihr angetan hat. Was sie ihr noch antun würde. Aber warum? Warum bloß? Tatsächlich könnte Ines doch, wenn sie denn wollen würde, einfach den Kontakt abbrechen, Edda ist nicht die Mafia, sie würde kein Rollkommando schicken, im Gegenteil, sie würde Ines am nächsten Morgen schon ersetzt und am Abend vergessen haben. Und vielleicht ist es genau das. Die Befürchtung, umstandslos ersetzt zu werden. Nicht zu wissen, was man falsch gemacht hat. Ob man überhaupt etwas falsch gemacht hat. Sanktion für nichts. Von jemandem, der sich herausnimmt, dir Aufmerksamkeit zu schenken oder zu verweigern. Und du, Ines? Du hast zugelassen, dass ihre Aufmerksamkeit für dich lebenswichtig geworden ist. Warum?

Einen Moment lang verachtet er sie. Die gemeinsamen Erlebnisse, die Erinnerungen, so kommt es ihm vor, sind nun kontaminiert. Mit wem hat er all die Jahre eigentlich zusammengelebt? Nein, Hiddensee ist keine gute Idee gewesen, eher eine saublöde Idee. Seine Jacke verhakt sich an den Stacheln des Sanddorns, zwei Anläufe braucht er, um sich zu befreien. Wie durch einen Tunnel führt der Pfad jetzt durch die derben, wettererprobten Büsche, die Erde ist von Wildschweinen aufgepflügt, bald geht es aufwärts, bald abwärts, bald hat er jede Orientierung verloren. Taxi hält sich nah bei ihm. Unversehens hören dann die Büsche auf, ein Aussichtspunkt. Weit über die Insel, über Bodden und Meer sieht er von hier aus, in der Ferne das Festland. Der Leuchtturm, den er die ganze Zeit vor sich geglaubt hat, liegt schon weit zurück.

Erst nach Einbruch der Dunkelheit kommt er wieder ins Hotel. Ines läuft im Zimmer umher, ihre Augen sind gerötet, in der Hand hält sie das Telefon, kreuz und quer wischt sie über das Display, tippt, schüttelt, steigt auf einen Stuhl und hält es hoch in die Ecke, was ist, fragt er, kein Empfang? Siehst du doch! Scheißinsel, es geht einfach nichts mehr, alles tot, ich will zurück, ich muss zurück, ich halte es hier nicht mehr aus. Sie geht zum Fenster und reißt die Flügel weit auf, der Wind schlägt herein, einen Moment lang befürchtet er, sie steige über die Brüstung und springe hinunter. Schon sieht er sie schnurstracks den Weg übers Wasser antreten. Er packt sie von hinten, zieht sie vom Fenster weg, er versucht ihr das Telefon aus der Hand zu winden, sie kämpft darum wie eine Löwin.

In der Nacht verstärkt sich der Wind zum Orkan. Er hört ihn fauchen ums Haus, rumoren im Gebälk. Einmal geht irgendwo die Sirene. Als wollte sie jede Berührung unbedingt vermeiden, liegt Ines am äußersten Rand des Bettes. Die Stunden schleichen. Er hofft, ja, er betet stumm, Edda würde sich nicht mehr melden. Hofft, sie würde aus ihrem Leben verschwunden bleiben. Niemand müsste sich entscheiden, Ines würde noch eine Weile hadern, sich aber nach und nach fangen und sich fragen, wie ihr das hat passieren können. Ausgerechnet ihr. Warum sie keinen Bogen gemacht hat um dieses fein gesponnene Netz aus Vereinnahmung und Verführung. Wie sie sich so sehr hat verfangen können in diesem teuflischen Gewirk. Ernüchtert und mit einem gewissen Abstand sähe sie die Dinge endlich wieder, wie sie sind.

Um sechs Uhr früh klingelt Ines' Telefon.

Ihr Arm zuckt zum Nachttisch.

Ja, sagt sie und springt auf. Sorry, ich hatte kein Netz, bitte entschuldige. Er macht das Licht an. Sie geht ins Badezimmer. Schließt die Tür. Ihre Stimme klingt voll und melodisch, er versteht nicht mehr, was sie sagt, sie telefoniert lange, irgendwann hört er sie duschen, und als sie zurückkommt, ist sie eine andere Person. Sie gibt sich keine Mühe, ihre hemmungslose Freude zu verbergen. Ich muss los, sagt sie lachhaft enthusiastisch, Edda braucht mich. Das sagt sie wirklich. Er könnte sie ohrfeigen. Wir brauchen dich auch, sagt er. Aber nicht so, sagt sie. Stell dir vor, sie hat mich eben gefragt, ob ich ihre neue persönliche Assistentin werden will, offiziell, das ist ein unglaubliches Privileg. Einfach so am Telefon, sagt er, sonntagmorgens um sechs, nachdem sie dich eine Woche lang hat schmoren lassen? Tust du nur so, oder durchschaust du wirklich nicht, was hier läuft? Er merkt, er wiederholt sich. So ist sie eben, lacht sie, das ist Edda!

Ein so unendlich wichtiges Projekt sei das, plappert sie weiter, politisch, künstlerisch und gesellschaftlich wichtig, wie auswendig gelernt, Edda gibt mir die Kraft, ich selber zu sein. Edda sieht etwas in mir, das sonst noch niemand gesehen hat. Edda, Edda. Blabla. Andorovich habe übrigens vorletzte Woche eine Probe besucht, weißt du, die berühmte Performance-Künstlerin, und Ryan Ono schreibe eine extra Musik für die Installation, sie hätte sich nie träumen lassen, dass sie wirklich und wahrhaftig mal Theater machen würde, relevantes Theater, Kunst, es komme ihr vor, als zeige sie ihrem Vater endlich den Stinkefinger, Papa, dort oben, siehst du mich, und sie streckt den Stinkefinger in die Luft und lacht ausgelassen.

Hier, sagt er mit Blick auf den Fährenfahrplan, 7:15 Uhr. Wir müssen wohl alle fahren, von Schaprode kommst du ja sonst nicht weg, und insgeheim ist auch er froh, von hier zu verschwinden. Er klopft an Leas Tür, kann ich reinkommen? Brummen von drinnen. Er setzt sich zu ihr ans Bett. Lea, sagt er, Mama muss zurück nach Berlin. Er sieht den Schmerz aufflammen in ihren Augen, wegen dieser Edda, zischt sie. Schhh, macht er und streicht ihr über die Wange. Komm, sagt er leise, zieh dich an, wir nehmen die erste Fähre.

Ines sitzt auf dem Bett, reisefertig.

Sie würde, ahnt er, in Zukunft nicht mehr riskieren, von Edda bestraft zu werden. Oder vielleicht ist gerade die Bestrafung unwiderstehlich für sie, dass da jemand ist, der kompromisslose Bereitschaft fordert, Opferbereitschaft. Er hat, verflucht noch mal, keine Ahnung, wie sie die Dinge, die sie mit sich geschehen lässt, vor sich selber rechtfertigt.

Sie setzen über den Bodden. Sie steigen ins Auto. Sie fahren los. Gestern Abend noch ist Ines ein Wrack gewesen. Alt, fahl, gebeugt. Apathisch, nervös und kaputt. Und jetzt: blühendes Leben. Auf eine geheimnisvolle Weise scheint sie von innen zu leuchten. Er kann sich daran nicht freuen, es kommt ihm vor wie das giftige Himmelslicht vor einem verheerenden Unwetter, faszinierend und tödlich zugleich.

Ines, sagt er endlich.

Während er auf der Autobahn hinter Stralsund eine Reihe polnischer Lkw überholt, sagt er, was er eigentlich nicht hat sagen wollen, oder aber, wenn Lea nicht dabei ist:

Ines, du musst dich entscheiden.

Noch auf der Rügenbrücke ist er sicher gewesen, ein Ultimatum würde entweder nichts bringen oder sie nur noch weiter von ihnen wegtreiben. So jedenfalls, fährt er fort, kann unser gemeinsames Leben nicht weitergehen, du musst dich entscheiden zwischen dieser Frau und uns, ein bisschen Edda scheint ja nicht zu gehen, offenbar geht nur ganz oder gar nicht. Ich lass mich von dir doch nicht …, beginnt sie mit scharfer Stimme, da, sieht er, setzt der Lkw, den er eben überholt, den Blinker. Nein. Mist. Gas geben! Lenni, sagt Ines, der sieht uns nicht! Bis zum Boden drückt er das Pedal durch. Als sie noch nicht ganz vorbei sind, zieht der Koloss tatsächlich rüber. Der sieht uns nicht, schreit Ines. Näher und näher, eiskalt hält er das Lenkrad fest, sein Fuß drückt beinah das Bodenblech durch, es ist ein Glück von Zentimetern.

Papa, sagt Lea.

Er wirft einen Blick in den Rückspiegel, totenbleich ist sie um die Augen, nichts passiert, sagt er, nichts passiert und noch einmal: Nichts passiert. Sein Herz pumpt, als hätte er eben einen Hundertmeterlauf gewonnen, das Blut pocht ihm in den Schläfen, schwindlig, erst allmählich wird ihm ganz bewusst, wie knapp das gewesen ist. Ines, sieht er, hat ihre Finger in die Sitzpolster gekrallt. Aller Zweifel ist mit einem Mal verschwunden. Er wird kämpfen. Zwar weiß er noch nicht genau wie, aber er wird um sie kämpfen.

Noch zittrig steuert er die nächste Raststätte an. Sie setzen sich ins Restaurant, schweigend hocken sie vor ihren Getränken, dann sagt Lea leise und mit Tränen in der Stimme, Mama sei schuld an diesem Beinahesterben, genau dieses Wort benutzt sie, Beinahesterben. Hätten wir nicht wegen dir fahren müssen, wäre das auch nicht passiert, sagt sie. Das könne man so nicht sagen, sagt er, niemand hat Schuld, solche Dinge passieren eben. Dann schweigen sie wieder.

Er holt noch mal Kaffee, einen Kakao für Lea und drei halbe, mit Käsescheiben und dünnen, knallroten Paprikastreifen belegte Schrippen.

Sie sei froh, sagt Ines da, dass er ihr die Pistole auf die Brust setze. So offen hat sie ihn lange nicht mehr angesehen. Sie legt ihre Hand auf seine. Ruhig wirkt sie jetzt, nicht mehr so getrieben enthusiastisch wie am frühen Morgen. Ja?, fragt er vorsichtig, Ja!, sagt sie und sieht ihm in die Augen. Er kann es nicht glauben. Aber er will es glauben. Liegt es am Schock, fragt er sich, ist ihr schlagartig klar geworden, was wirklich wichtig ist? Du kannst sonst schon noch mal drüber schlafen, sagt er, immer noch vorsichtig, alles hat er erwartet, das nicht, ich meinte nur, fährt er fort, dass es nicht mehr ewig so weitergehen kann. Lea blickt von Ines zu ihm und zurück, atemlos. Ich weiß, sagt Ines, aber es ist, als wäre ich vorhin zur Besinnung gekommen. Der Schock. Diese verführerische Übereinstimmung. Er kann nicht anders, er muss sie küssen, jetzt, gleich hier, in dieser Raststätte, ihre so vertrauten Lippen, salzig schmecken sie und ein wenig nach Kaffee.

Viel ist nicht los in der Raststätte, es graupelt jetzt draußen, Leakind, sagt Ines und legt ihr den Handrücken an die Wange, es tut mir leid. Lea brummelt bloß. Ines' Pupillen sind groß. Warm, echt. Sie werde, sagt sie, nachher noch kurz in die Stadt zu Edda fahren, um mit ihr zu reden und alles zu klären. So, denkt er, kenne ich sie. Nägel mit Köpfen. Das ist meine, unsere Ines. Auch wenn er es vielleicht besser finden würde, wenn sie, was noch zu klären ist, telefonisch klärt. Aber vielleicht würde sie nachher ohnehin zu müde sein, noch in die Stadt zu fahren. So gern möchte er ihr wieder trauen. Er kann nicht leben, ohne ihr zu vertrauen.

Am frühen Nachmittag sind sie zu Hause. Ines macht einen Salat, er toastet Brot und brät Spiegeleier. Als hätte es nie auch nur die geringste Unstimmigkeit gegeben, sitzen sie drei am Tisch und schwatzen. Ich hätte wirklich nicht mehr bremsen können, sagt er, ich ärgere mich noch über dein unverschämtes Ultimatum, lacht Ines, und dann sehe ich, wie der Idiot den Blinker setzt, Scheiße, denke ich, Scheiße, gib Gas, Lenni!, und dann habe sie die Augen zugemacht. Du brauchst vielleicht mal eine neue Karre, grinst Lea, eine mit mehr Wums.

Dann räumen sie zusammen das Geschirr in die Spülmaschine, Lea will noch üben, Ines küsst sie auf den Scheitel, ich versprech's, ich sage von jetzt an nie mehr Leakind! Na, dann werd ich auch mal, sagt sie, holt tief Luft, ein bisschen aufgeregt bin ich ja schon. Willst du sie nicht einfach anrufen, fragt er, oder ihr eine Whatsapp schicken? Ach, weißt du, sagt sie, ich will es ihr nicht mit selber Münze heimzahlen, das muss ja nicht sein. Lieber ordentlich abschließen, es war ja doch eine wichtige Zeit für mich mit ihr, das darf man auch nicht vergessen. Er nickt. Versteht er. Sie geht nach oben, er hört sie duschen, dann hinüber ins Schlafzimmer gehen.

Zum Abschied umarmt sie ihn, bin bald zurück. Er

steht an der Tür und beobachtet, wie sie zu ihrem Wagen geht, über der Schulter hängt ihre Dufflebag, ziemlich prall, denkt er noch. Sie hupt, als sie vom Hof fährt.

Eine Weile sitzt er einfach nur da. Er hört Lea zu, die an einer schwierigen Passage laboriert, er hört, wie sie dieselbe Stelle wieder und wieder spielt. Wie sie die Tempi variiert, dieses und jenes ausprobiert. Er mag nicht lesen und auch sonst nichts tun, mit jeder Faser seines Daseins genießt er die Erleichterung. Die Freude, das Glück, das er noch gar nicht fassen kann, die ganze Welt könnte er umarmen. Doppeltes Glück heute, was für ein Tag! Kaum kann er es erwarten, bis sie wieder da sein wird, für immer. Alles wie früher, oder nein, besser als früher, intensiver, sie wissen jetzt, dass sie sich wirklich und wahrhaftig aufeinander verlassen können.

Um neun Uhr beginnt er zu rechnen: Um halb fünf ist sie losgefahren. Eine gute Stunde braucht sie bis nach Mitte zu Edda. Dann, sagen wir, eine Stunde für ihr Gespräch, gut gerechnet, dann eine Stunde zurück. Macht drei Stunden. Macht halb acht. Okay, vielleicht hat das Gespräch länger gedauert, vielleicht ist Stau gewesen, zwei Stunden muss er schon dazugeben. Er ruft sie an. Die Mailbox. Ist Mama schon zurück?, fragt Lea von der Tür her. Nein, sagt er, noch nicht, ich geh mal schlafen, sagt sie.

Um halb elf ruft er sie wieder an. Inzwischen ist er gefasst darauf, dass jemand Fremdes abnimmt und mit erschütternd sachlicher Stimme fragt, ob er der Lebensgefährte sei, dass Ines leider … die Mailbox springt an.

Ines, sagt er, was ist denn los, wo bist du, ruf mich an! Bin bald zurück, hatte sie gesagt, und dann war sie zum Wagen gegangen mit ihrer prallen Dufflebag über der Schulter. Diese Tasche füllt seinen Kopf minutenlang ganz aus, was ist da drin gewesen, was braucht sie für eine kurze Fahrt in die Stadt denn außer Führerschein, Geld und Handy? Hat sie sich umentschieden? In der Viertelstunde, die sie allein oben gewesen ist? Hat sie in den Spiegel geschaut, und hinterrücks hat sie die Panik vor dem Schweigen wieder gepackt, vor dem Ausgestoßensein. Ist die Erinnerung wiedergekommen? Die Erinnerung an eine Erlösung, die nur nach verstörender Angst, nach drohender Auslöschung so umfassend sein kann, wie sie am Morgen für sie offenbar gewesen ist. Schweiß, merkt er, steht ihm auf der Stirn. Ein Brocken sitzt ihm im Hals, groß wie ein Felsblock, versperrt den Weg zu seinen Lungen, heftig zieht er die Luft ein.

Und wenn es so wäre, denkt er, wenn es so wäre, dann könnte ich sie nicht zurückzwingen, niemand kann jemanden zurückzwingen, der freiwillig gegangen ist, auch wenn er sich in noch so große Gefahr begibt. Kommkomm, denkt er gleich darauf, vielleicht ist sie einfach wieder für ein, zwei Tage verschwunden. Vermutlich ist ihr erst auf der Rückfahrt dieses Bedürfnis gekommen, jäh ist ihr bewusst geworden, dass sie Zeit für sich braucht. Und bald, bald wird sie ihn anrufen, sie habe einfach Zeit für sich gebraucht. Ganz wegbleiben, das macht sie nicht, so ist sie nicht, das würde sie schon allein Lea nicht antun. Bevor er so etwas überhaupt in Erwägung zieht, muss er abklären, ob sie nicht vielleicht einen

Unfall gehabt hat. Ein Ereignis, von dem er noch nicht hat unterrichtet werden können. Er hofft, sie habe einen Unfall gehabt. Geht die Mailbox eigentlich noch, fragt er sich, wenn das Smartphone kaputt ist?

Er telefoniert alle Kliniken durch, Polizei. Nichts. Nirgends. Totenstille. Als wäre er der einzige noch lebende Mensch auf dem Planeten. So entsetzlich verlassen fühlt er sich, so missbraucht, so hintergangen, so enttäuscht, so verraten.

Montagmittag sitzt er in der Teeküche, er schiebt den Kartoffelsalat, den Schwester Agata ihm für zwischendurch geholt hat, von sich, starrt in eine Ecke, starrt in eine andere Ecke. Da wird er ans Telefon gerufen. Es ist Ines' Sekretärin Frau Rode. Ines sei nicht zur Arbeit erschienen, sagt sie. Ihr Telefon sei ausgeschaltet, was eigentlich los sei, sie hoffe doch, Ines liege krank zu Hause. Was, fragt er, warum? Ines habe im letzten halben Jahr zwei Abmahnungen bekommen, weil sie zu spät oder gar nicht zur Arbeit erschienen sei, und einmal, weil sie Medikamente falsch dosiert habe, zum Glück sei nichts passiert. Ob er das nicht wisse? Sie verstehe das nicht, Ines sei immer so zuverlässig gewesen.

Ja, warum weiß ich davon nichts, denkt er, wundert ihn das tatsächlich noch? Warum, fragt er, sie ihn denn nicht schon viel früher informiert habe. Das sei ja wohl nicht ihre Aufgabe, sagt sie, aber jetzt mache sie sich wirklich Sorgen. Ihre Stimme klingt so warm, dass ihm die Tränen kommen, er schluckt, schluckt noch mal, am liebsten würde er einfach losheulen, ihr alles erzählen und sie fragen, was sie tun würde in seiner Lage. Er reißt sich zusammen. Ich kümmere mich darum, sagt er, danke fürs Bescheidgeben.

Er steht auf und geht zum Fenster, öffnet es weit. Er sieht drüben auf dem Parkplatz einen Mann aus dem Auto steigen. Sieht ihn ein Mädchen aus dem Kindersitz heben und es auf den Boden stellen. Fest drückt es seinen Teddy an die Brust.

Er schließt das Fenster.

Wie in Trance geht er hinaus zu Agata, das Wartezimmer ist voll. Leider sei ein Notfall dazwischengekommen, sagt er, er wisse nicht, wie lange es dauern werde, er bitte sie alle, nach Hause zu gehen. So etwas hat er noch nie getan. Agata steht in der Tür und blickt ihn fragend an. Es tut mir leid, sagt er, ich muss weg.

Die blinkenden roten Lichter drüben in den Laboren und Büros. Waren es vorhin nur ein, zwei Pünktchen, sind es jetzt viele. Er kratzt sich. Und kratzt sich. Fluchtwege? Sitzen bleiben würde er, selbst bei weit offenen Türen. Verzichtet darauf zu gehen. Selbst wenn er könnte. Die Kunst der freiwilligen Selbstbeschränkung. Nicht alles, was man tun könnte, muss man auch tun. Was braucht man wirklich? Nicht viel. Nicht doch. Stellt er sich die Welt draußen vor, schiebt sich Panik in seinen Körper. Dieser kaltweiße Raum. Die Gerätschaften. Die Leuchtstoffröhren an der Decke. Der Mangel an Persönlichem. Die Ordnung und Sauberkeit, all das scheint ihm soeben verlockend gewiss. Nicht doch. Lüge, wieder mal. Lüge. Ein Ticken. Tick-tick-tick. Füllt seinen Kopf ganz aus, wird lauter und lauter. Er wünscht sich endlich einen Knall. Eine Entladung, egal wie groß die Zerstörung sein würde. Er wünscht sich ein Trümmerfeld. Damit er alles neu sortieren und zusammensetzen könnte, Dinge weglassen oder hinzufügen. Dass es in Zukunft halten würde. Für immer und ewig.

Es ist eine trostlose Fahrt durch einen dunklen, nebligen Nachmittag. War's das jetzt?, fragt er sich. Hat sie sich nun entschieden, ihre Familie, ihre Arbeit, ihr Leben zu verlassen. Dieses schwammige Gefühl beim Lenken, als hätten die Reifen Luft verloren, er drosselt das Tempo, fährt konzentrierter, hält bei der nächsten Tankstelle an und kontrolliert den Luftdruck.

Vor dem Haus an der Großen Hamburger scannt er die Zeile parkender Wagen nach Ines' Kombi. Auch Eddas roten Fiat kann er nirgends entdecken. Die Fenster im ersten Stock sind dunkel, er klingelt trotzdem. Nichts. Dann klingelt er bei irgendwem. Wartet. Der Öffner summt. Der Mieter, der ihm geöffnet hat, steht ihm Flur, trägt eine Brille mit schwerer schwarzer Fassung. Keine Lust, mit dem zu reden. Ob er Edda Pratt kenne, fragt er dennoch, die Frau im ersten Stock. Der Mann zuckt die Schultern, wer kennt die nicht? Wissen Sie, ob sie da ist? Wenn sie nicht aufgemacht hat, sagt der Mann, ist sie wohl auch nicht da, vielleicht in den Proberäumen. Ob er wisse, wo genau diese Proberäume seien. Oben in Pankow, sagt der Mann, Thulestraße, dieses alte Tramdepot. Danke, sagt Lenni und steigt ohne weiteren Kommentar die Treppe hoch. Sie ist nicht da, ruft ihm der Mann hinterher.

Natürlich ist sie nicht da.

Er lauscht, klopft, hämmert gegen die Tür, Ines! Edda! Glaubt er wirklich, gehört zu werden? Von wem? Denkt er, Ines läge gefesselt auf dem Sofa und er wäre ihre einzig mögliche Rettung? Er verlässt das Haus und setzt sich wieder ins Auto. Ruft Lea an. Er habe nach Berlin gemusst, er komme vermutlich ein bisschen später nach Hause.

Triffst du Mama?, fragt sie. Ich weiß nicht, sagt er, ich

versuche es. Er erinnert sich nicht, wie oft er in letzter Zeit »Ich weiß nicht« gesagt hat. In diesem Moment nimmt er sich vor, gegenüber Lea komplett aufrichtig zu sein. Nichts will er verschweigen oder beschönigen, um sie vermeintlich zu schützen. Sie gehe nach der Schule zu Peggy, sagt sie, sie könne jetzt nicht allein sein, ja, sagt er, mach das.

Prenzlauer Promenade, an der Grenze zu Pankow, Ecke Thulestraße. Dort in der Nähe liegen auch die Werkstätten der Volksbühne, oder haben gelegen, das Schild mit dem schreitenden Rad ist weg, wie oft hat er das im Vorbeifahren bewusst oder halb bewusst wahrgenommen.

Das Areal ist nicht umzäunt, ein Pfad führt zwischen zwei Gebäuden hindurch, einmal stolpert er über Schienen, fällt fast hin. Der Pfad verzweigt sich vielfach, es ist ein Labyrinth voller teils verlassener und teils noch genutzter Hallen und Baracken, orientierungslos irrt er umher, bis er irgendwann, ganz am Ende einer der unzähligen Passagen, ein Licht sieht; eine einzelne Funzel, die ein großes, grau gestrichenes Metalltor beleuchtet, an dem ein Mann lehnt und raucht. Er geht darauf zu. Was würde er tun, wenn er nun tatsächlich plötzlich Edda gegenüberstünde, das hat er sich noch gar nicht überlegt, oder Ines. Der junge Mann trägt eine Art Schiebermütze wie früher die Arbeiter im Arbeiter- und Bauernstaat. Und er trägt einen derben graubraunen Kittel, Arbeitskleidung, alte Bestände, wie sie gelegentlich heute noch von über Land fahrenden Händlern feilgeboten werden. Ein Stück weiter ist Eddas Fiat geparkt.

Als wäre das nicht einfach ein kleines rotes Auto, trifft ihn dieser Anblick wie ein Schlag.

Ist Ines da?, fragt er schroff und will gleich hineingehen, hineinstürzen, um Ines zu suchen, zu finden und nach Hause zu bringen. Neenee, sagt der junge Mann und stellt sich breitbeinig vor die Tür, so geht das nicht. Ich bin Ines' Lebensgefährte, sagt er, muss ich, denkt er, diesem halben Kind wirklich Rechenschaft ablegen? Na und, sagt der junge Mann, da kommst du eh zu spät, die sind gestern schon los. Wie los, wohin? Na, nach Polen, hoch ins Institut. Lässig schnippt er die Zigarette auf den Boden. Die Dufflebag. Ines hat sich nicht umentschieden, wird ihm da endgültig klar. Er sieht ihre Augen vor sich, gestern, Sonntagmorgen, in diesem Autobahnrestaurant, keine Spur von Falsch. Eiskalt hat sie sein Vertrauen missbraucht. Willig hat er jeden Bullshit geglaubt. Weißt du, fragt er, mühsam seine aufsteigende Panik niederkämpfend, wann sie wiederkommen? Na, sagt der junge Mann und hebt, als ob er fröre, die Schultern, das weiß man bei Edda nie so genau, paar Wochen, paar Monate, paar Jahre, für immer? Er schluckt, das ist ein Witz, oder? Nö warum, sagt der junge Mann, so ist sie eben: genial. Er schnappt nach Luft. Was soll er sagen. Was soll er tun. Und wenn das jemand nicht kann. Nicht will? Grinsen. Dann macht er eben nicht mit. Zwingt ihn ja keiner. Die stehen sowieso schon Schlange, jeder will mit Edda arbeiten.

Du saublödes grinsendes Hosenscheißergesicht. Und dann geht er los. Geht einfach los. Fasst den Griff der

Stahltür, wuchtet sie auf, der junge Mann versucht ihm den Weg abzuschneiden, aber niemand kann ihm den Weg abschneiden, wie ein Panzer geht er weiter, betritt eine Halle, Edda, brüllt er, Edda! Ganz hinten entdeckt er einen hellen Schein. Kilometerweit kommt ihm die kurze Strecke vor, von hier nach dort. Hammerherz. Rauschen im Kopf. Groß, wird ihm klar, ist seine Angst vor dieser Frau. Und seine Angst macht sie mächtig, mächtiger, als sie ist.

Da sitzt sie an einem Tisch und hat ein Tablet vor sich. Vollkommen ruhig sitzt sie da und blickt erst auf, als er vor ihr steht. Lenni!, sagt sie scheißfreundlich, was für eine Überraschung. Aus dem Haus hat er sie geworfen bei ihrer letzten Begegnung. Sie ist mir nicht böse, schießt es ihm durch den Kopf, nicht böse; wie schon einmal, ist er ihr absurderweise für etwas dankbar, das ihr gar nicht zusteht. Wo ist Ines?, fragt er leise. Wo Ines ist? In Polen, sie ist mit den anderen doch schon gestern Abend gefahren, ich dachte, das wüsstest du. Hitze flutet seinen Körper, er spürt Schweiß an den Seiten herabrinnen. Diese Antwort klingt jetzt wieder komplett ehrlich und vernünftig. Als läge alles offen auf dem Tisch, nur einer weiß nicht Bescheid. Mal wieder. Wessen Schuld? Warum tust du das, sagt er, sich an ihrer Ruhe ein Beispiel nehmend. Menschen stehlen, mit ihnen spielen, als wären sie Figuren auf einem Brett, wie kannst du sie so leichthin zerbrechen, wenn du genug gespielt hast? Er hört sich selber reden, er hört, wie lächerlich das klingt. So, sagt sie, tue ich das. Dann sieht sie wieder auf ihr Tablet, und er fühlt sich, als wäre er ausradiert, als bedeute der Entzug ihrer Aufmerksamkeit das Ende seiner Existenz. Alles okay?, kräht das Kerlchen von der Tür her. Lenni tritt näher. Er nimmt ihr das Tablet aus der Hand. Er atmet schwer. Für deine Versuchsanordnung gehst du über Leichen, nicht wahr? Katerina Jeschek, sagt dir das was? Macht dir so was eigentlich Spaß, bist du eine Sadistin? Stopfst du dein inneres Drecksloch mit Kunst zu, wie andere es mit Religion zustopfen? Ihre Augen sind still und sehr klar. Nicht leer. Weder gut noch böse. Selbstgewiss, ohne eine Spur von Zweifel, glaubwürdig. Ja, stellt er erschrocken fest. Glaubwürdig.

Lenni, sagt sie und lehnt sich zurück, geht es noch ein bisschen melodramatischer? Niemand *stiehlt* hier jemanden oder *zerbricht* ihn gar, Jesses. Ines hat einen geilen Job in einem geilen Theaterkollektiv. Sie wird dafür bezahlt. Sie ist eine erwachsene Frau und weiß genau, worauf sie sich einlässt. Auch wenn dir das nicht passt. Wer bist du eigentlich, dass du dir anmaßt, ihre Entscheidung nicht zu respektieren? Hinter Edda an der Wand hängt so ein hyperrealistisches Weisbrod-Bild, es zeigt das Gesicht eines Mannes, oder ist es eine Frau? Den Blick in die Ferne gerichtet, hinter ihm oder ihr leuchtet eine aufgehende Sonne. Sturzregenartiges Rauschen lässt ihn hochblicken. Ein Sheddach. Stahl und Glas. Das Glas noch intakt. Intakt. Gib mir das Tablet wieder, sagt Edda, und dann würde ich vorschlagen, du gehst jetzt.

Auf dem Weg zurück zum Auto wird er nass. Nass bis auf die Knochen. Er weiß, er wird nichts tun können. Das hier ist keine obskure Sekte, kein irrer Haufen esoterischer Selbstverwirklicher, das ist Theater von heute, anerkannt, preisgekrönt, von wichtigen Leuten enthusiasmiert. Alles sehr professionell und ja, eben, vor allem freiwillig. Manipulation ist kein Straftatbestand, Abhängigkeit nicht zu verhindern, vielleicht sogar erwünscht.

Er startet den Motor, dreht die Heizung hoch. Feierabend, volle Straßen. Schwarz glänzt der nasse Asphalt, an den Rändern steht das Wasser in großen Pfützen. Auf der Frankfurter Allee rollt er in einem endlosen Konvoi dahin, um halb acht ist er zu Hause. Taxi ist wohl drin, vermutet er, als kein Hund zur Begrüßung kommt, er findet sie eingerollt auf dem Sofa, sie hört ihn nicht. Dann steigt er hoch ins Schlafzimmer, um zu sehen, ob Ines vielleicht inzwischen ... natürlich nicht. Wieder ruft er sie an. Bitte, sagt er auf die Mailbox, melde dich! Ich bin dir nicht böse.

Der Spiegel in der Tür des Kleiderschrankes zeigt ein dürftiges Männchen, ein nass gewordener Köter, die Magerkeit in trockenem Zustand von üppigem Fell kaschiert. Er zerrt sich die feuchte Kleidung vom Leib, steht da, nackt, geschält, friert, öffnet den Schrank, zu spät, wie ein Stromstoß durchfährt ihn dieser Anblick: Ines' Pyjamas. Ihr Stapel links, seiner rechts. Gerecht hatten sie den Platz im Schrank aufgeteilt. Alles von ihr ist noch da. Alles. Er schiebt die flache Hand zwischen die bunt karierten Pyjamas, riecht daran. Obwohl sie frisch gewaschen sind, riechen sie nach Ines, nach ihrem erdig süßen Körpergeruch, tief saugt er ihren Duft in seine Lungen, Schmerz flammt durch seinen ganzen Körper, furchtbar sind die Dinge, die jemand zurücklässt. Er nimmt einen Ines-Pyjama und zieht ihn an. Passt ihm perfekt. Ihr gemeinsames Schlafzimmer. Die Sorgfalt. Die Sicherheit. Die Wärme. Die Enge. Kaum einen Meter Platz ums Bett, die Decke abgeschrägt. Trotz des angekippten Fensters riecht die Luft frühmorgens immer abgestanden, verbraucht. Die Liebe. Verbraucht? Eine von Anfang an verunglückte Inszenierung oder ein Stück, das ihr nach der Hälfte nicht mehr gefällt. Sie steht auf und geht hinaus. Sie wird draußen ein Glas Wein trinken und dann wiederkommen. Hofft er.

Am nächsten Tag arbeitet er ab, was auf ihn wartet in der Praxis, er sagt, was zu sagen ist, tut, was zu tun ist. Als er am vorigen Abend Lea noch mal anrufen wollte und nur die Mailbox erreicht hat, rief er Peggys Mutter an; die Mädchen schliefen schon, Lea sei schon im Sitzen fast eingeschlafen. Ihre Stimme klang freundlich, teilnahmsvoll, sie schicke die beiden dann morgen früh mit dem Bus zur Schule. Sie fragte nicht, was los ist. Danke, sagte er, danke, da sei er froh. Er war wirklich froh, und er war sicher, sie würde gut aufpassen

Er erwartet nicht ernsthaft einen Anruf von Ines.

Nachdem sie ihn derart belogen hat, würde sie nicht anrufen. Mit dem Kugelschreiber malt er Kreise auf die Schreibtischunterlage, Kreise, Kreuze, kratzt das Papier ab, drückt die Mine tief in den weichen schwarzen Kunststoff darunter, sie hinterlässt Krater, die sich nur langsam wieder auffüllen. Sie hat alles hinter sich gelassen. Brücken abgebrochen. Das war's. Er weiß es. Will es nicht glauben. Kann doch nicht sein, dass sie Lea das antut. Das macht sie nicht, nein. So ist sie nicht. Herr

Eppert, hört er Agatas Stimme von draußen, ein leises Klopfen. Ja? Wegen der Fortbildung, sagt sie durch den Türspalt, sie habe gerade Frau Schönlein vom Ambulatorium am Telefon, sie müssten jetzt definitiv Bescheid wissen. Sie fahren doch? Daran hat er gar nicht mehr gedacht, Mittwoch bis Freitag Fortbildung in Potsdam, Notfälle würde das Ambulatorium im Krankenhaus übernehmen. Ja, voraussichtlich schon, sagt er, leise schließt sie die Tür.

Er überlegt, ob er Frau Rode anrufen soll. Stattdessen gibt er »Mariella Andorovich + Bananen in Sibirien« in die Suchmaschine ein. Er findet zwei Einträge: Die international renommierte Performance-Künstlerin begeistere sich für Edda Pratts Projekt, und einen Blogeintrag auf Englisch, der eine gemeinsame Probe im Tramdepot beschreibt.

Ist alles doch sein Fehler? Hat er zu viel Druck gemacht? Ines nicht genug unterstützt, als sie vielleicht Unterstützung gebraucht hätte, möglicherweise wäre sie dann gar nicht in diese Verstrickung geraten, sie hätten darüber reden können, ob Ines sich beruflich zum Beispiel verändern will, Für und Wider abgewogen, Möglichkeiten, Ziele, Zweifel diskutiert und endlich gemeinsam beschlossen, dass Ines in der Gemeinschaftspraxis kündigt, er allein für die Versorgung der Familie aufkommt, damit sie sich ganz einem Projekt widmen kann, hinter dem auch er steht. Das hätte sie widerstandsfähig gemacht. Immun gegen Eddas Charisma. Sie hätte eine Wahl gehabt, statt Edda hätte sie sich *ihm* anvertraut.

In der Hand hält er Stücke, sinn- und bedeutungslose Bruchstücke, er kann sich nicht mehr vorstellen, wie das Ganze zusammengepasst hat. Seine Gedanken sitzen auf einem Karussell, ständig sehen sie wieder dieselben schlierigen Lichtfetzen und verwischten Gesichter, bis Agata erneut den Kopf zur Tür hereinstreckt und ihn erlöst. Die beiden letzten Patienten, sagt sie, seien wütend gegangen. Es ist egal, denkt er. Die Patienten werden trotzdem wiederkommen, sie haben ja keine Wahl. Tür ist zu?, fragt er. Sie nickt. Ist sie wieder da?, fragt sie. Nein, aber ich weiß jetzt, wo sie ist. Ich weiß nicht, was Sie denken, sagt er, nachdem er eigentlich nichts weiter hat sagen wollen, aber es tut mir alles sehr leid.

Die Musikschule liegt an einer stillen Straße am Wald. Direkt vor dem Haus findet er einen Parkplatz. Einen Spaltbreit öffnet er das Fenster, dunkle, getragene Klänge wehen ins Auto. Auch das Fenster zu ihrem Spielzimmer, sieht er, ist einen Spaltbreit geöffnet. Trotz der Kälte. Großartig findet er es, dass sie wieder übt. Seit jenem Sonntag übt sie von sich aus fast jeden Tag, und alles ist wieder da und noch viel mehr. Als wäre diese musiklose Zeit keine verlorene Zeit gewesen, zutiefst berührend ist ihr Spiel, selbst auf diese Distanz. Gänsehaut. Oder ob er einfach anders zuhört, offener, bedürftiger, hungriger?

Lea bemerkt das Auto sofort, er steigt aus, Papa, sagt sie, du? Ist was passiert? Er nimmt ihr das Instrument ab und legt es auf den Rücksitz. Dann umarmt er sie. Ist was mit Mama? Komm, sagt er, steig ein. Hör zu, sagt er. Ich habe Mama gestern nicht mehr getroffen, ich war zu spät. Aber ich habe mit Edda geredet. Mama ist nach Polen gefahren für eine längere Probe. Fuck. Hey, hey, sagt er halbherzig, nicht diese Wörter. Fuckfuck. Ist mir megafuckegal. Die kann doch nicht schon wieder einfach abhauen, warum tut sie das? Ehrliche Antwort? Sie sieht ihn an. Ich weiß es nicht. Oder manchmal gibt es Umstände, die Menschen ganz anders handeln lassen, als wir es von ihnen gewohnt sind. Das wirst du noch lernen müssen. Das lerne ich gerade, sagt sie. Stimmt. War sie denn unglücklich mit uns?

Er nimmt ihre Hand, sie ist ganz kalt und klein. Seine Tochter stellt hier die Frage aller Fragen. War Ines unglücklich? Ist sie jetzt glücklich? Oder war sie glücklich und hat das Glück nicht ertragen? Kann man ein Leben auf die Formel Glück oder Unglück herunterbrechen? Seine Tochter tut es. Alle Kompliziertheit wirft sie über Bord und spricht einfach von Glück.

Nein, sagt er, ich glaube eigentlich nicht, dass sie unglücklich war, sie will halt vielleicht noch etwas anderes ausprobieren, das wollen Menschen manchmal, besonders wenn sie älter werden. Und du bist doch auch nicht mehr soo klein. Früher, als du kleiner warst, hätte sie das nie getan. Stimmt das? Einfach so, sagt Lea, darf man das denn, andere glauben machen, man bleibe, und dann trotzdem gehen. Es ist nicht wirklich eine Frage, eher eine traurige Feststellung. Nein, sagt er, das darf man nicht. Aber ich bin ja noch da. Und wenn du, sagt sie ganz leise, nun auch plötzlich glaubst, ohne mich glücklicher zu sein, was mach ich dann? Meine Güte. Wie sie ihn ansieht. Mit welcher Angst im Blick. Das, begreift er, ist für sie eine existenzielle Frage. Wenn ihre Mutter sie einfach verlassen kann, wie soll sie da noch darauf vertrauen, dass ihr Vater sie nicht genauso umstandslos verlassen wird? Er umfasst sie mit beiden Armen, zieht sie an sich. Das wird nicht passieren, sagt er, ganz bestimmt nicht, auch wenn dir das im Moment schwerfällt, du musst mir vertrauen, du musst!

Weißt du was? Ich koche heute Abend für uns! Ey, sagt sie, das ist ja mal was Verrücktes, du und kochen … Na, hör mal! Okee, lacht sie, dann helf ich dir. Du und helfen … das ist ja megaverrückt. So leicht ist sie abzulenken. Wie er sie liebt, seine Tochter. Er startet den Motor. Wir müssen aber noch einkaufen, sagt er, super, sagt sie.

Was ihm sonst zuwider ist, genießt er heute Abend. Sich einfügen in den Strom der Einkaufenden. Er hat das Bedürfnis, ihr zu beweisen, jede Minute, jede Sekunde, dass er bei ihr ist, dass sie sich auf ihn verlassen kann, was auch geschehen mag. Sie kaufen ein, als gäbe es ab morgen keine Läden mehr, fürs Frühstück, für zwischendurch, zum Mitnehmen, zum Einfrieren, Socken und Latschen, ein Tischtuch, Geschenkpapier, Klopapier, Hundefutter und einen Strauß Blumen. Während sie einkaufen, merkt er, was zu Hause alles fehlt.

Hast du das Licht angelassen, fragt Lea, als sie auf das Haus zufahren. Das Haus ist von oben bis unten beleuchtet, ja, sagt er, dann habe ich wohl das Licht angelassen. Die jäh aufkeimende Hoffnung, Ines sei inzwischen nach Hause gekommen, will er nicht laut äußern. Oder ist Mama etwa zurück, sagt da Lea. Ines ist nicht zurück. Das Haus steht hell und leer am Hang, es kommt ihm vor wie ein Hotel, das auf Gäste wartet. Ines' Abwesenheit füllt die Zimmer, jedes einzelne, er macht, außer in der Wohnstube, überall das Licht aus.

Sie kochen zusammen, essen, und als könnte gegenstandslos gemacht werden, was krampfhaft beschwiegen wird, vermeiden sie es, über Ines' Weggehen zu reden. Lea erzählt ihm von der Schule und davon, wie toll das Cellospielen sei, wenn man übe. Ich glaub, sagt sie, ich hab's jetzt raus. Was hast du raus? Sie zuckt die Schultern. Ich weiß nicht, sagt sie, wie ich es sagen soll. Es ist, als ob mir das Cello zuhöre, es hört auf mich, und ich höre auf das Cello, sie lacht etwas verschämt, blöd, nicht? Nein, sagt er, überhaupt nicht blöd.

Lea schiebt ihm einen ihrer Plugs ins Ohr, den anderen behält sie, Brahms, 1. Cellosonate, hörst du das, sagt sie, hörst du das? Cool, sagt er und sieht sie von der Seite an, was meinst du genau? Das ist, sagt sie leise und sehr ernst, Mo-Mo-Yo, so, genau so möchte ich mal spielen können, das heißt natürlich nicht genauso, auf meine Weise, aber so gut eben. Auf ihrem Gesicht liegt ein fiebriges Glühen, als wäre sie lange in der Kälte draußen gewesen, und während sie nebeneinander auf dem Sofa sitzen, überlegt er die ganze Zeit, ob dieser neue Ernst nicht eine Nummer zu groß ist für seine kleine Tochter.

Radikal scheint sie sich von den Albernheiten einer kichernden Mädchenjugend verabschiedet zu haben, von rosa Farben und niedlichen Einhörnern, sie hat das Justin-Bieber-Poster von der Wand genommen, er hat gar nicht mitbekommen, wann. Offenbar hat sie jetzt ein neues Idol. Und weißt du was, sagt sie, Peggy will Klarinettenunterricht nehmen, nächste Woche fängt sie an. Er nimmt den Plug aus dem Ohr, dreht sich zu ihr, sieht sie an.

Kein Scheiß jetzt?

Warst du das, hast du sie überredet? Und warum Klarinette? Papa, lacht sie, nicht diese Wörter! Aber nein, kein Scheiß. Und ich hab sie nicht überredet, wir haben in der Schule die Klezmer-Musik durchgenommen, und da hat sie sich in die Klarinette verliebt, na ja, sagt sie, ein bisschen hab ich vielleicht nachgeholfen, nicht schlimm, oder?

Es ist ein schmaler Grat, noch nie ist ihm das so bewusst gewesen, wo verbindet der fremde Einfluss sich mit dem eigenen Wollen, und wie viel Mischung verträgt ein eigener Wille, um nicht plötzlich rot statt blau zu sein?

Auf ihre Weise ist Lea dabei, sich ebenso umfassend zu verändern wie ihre Mutter – als Reaktion darauf? Versucht sie verzweifelt, sich etwas anzueignen, das vollständig ihrer Kontrolle unterworfen ist? Das ihr niemals jemand wieder würde wegnehmen können. Leas Veränderung gefällt ihm, während ihm Ines' Veränderung nicht gefällt, Ines' Persönlichkeit, so scheint es ihm, zersetzt sich, zerfranst, während Leas Konturen sich schärfen am Verlust, an der Enttäuschung, und sie zu entdecken beginnt, was ihre Persönlichkeit eigentlich ausmacht. Und er? Er hat keine Ahnung, wo sein Ich anfängt und wo es aufhört, wie weit es mit Ines' Ich schon verwachsen ist.

Als Lea in ihr Zimmer verschwunden ist, räumt er

noch auf. Da beginnt sie zu spielen. Im Grunde muss ich mir um sie keine Sorgen machen. Sie weiß genau, wie sie mit der Geschichte umzugehen hat, besser als ich. Er hat nichts dem Cello Vergleichbares. Er wird hilflos leben in diesem Haus von nun an.

Wie matt schimmerndes Gold liegt die frühe Sonne auf Leas Gesicht, als sie sich beim Frühstück gegenübersitzen, eine feine Lebendigkeit umspielt ihre Züge. Was schaust du so, sagt sie. Er senkt den Blick.

Während sie sich fertig macht, das Cello schultert, füttert er Taxi, hast du denn heute noch mal Unterricht, fragt er. Sie nickt, Frau Jung ist nächste Woche weg. Sie umarmt ihn, bevor sie geht. Bis sie vorne bei Roloff um die Kurve verschwindet, sieht er ihr nach. Der wippende Cellokoffer auf ihrem Rücken, die Beine, die Füße. Und dann nur noch das Wiesenbord, die Straße, deren Löcher kürzlich mit Recyclingschutt aufgefüllt worden sind.

Rasch räumt er noch die Küche auf und endlich den Stapel Fachzeitschriften weg, erledigt drei Telefonate, die er lange schon aufgeschoben hat. Als er auf die Uhr sieht, ist es später, als er gedacht hat, den ersten Vortrag würde er verpassen, vermutlich auch den zweiten, ohnehin hat er null Lust, heute nach Potsdam zu fahren. Gegen elf Uhr ist er auf der Autobahn, dreispurig führt sie ihn um die Stadt herum, die Verknotungen des Berufsverkehrs haben sich längst gelöst, halb eins ist er im Kongresszentrum.

Er betritt den Havellandsaal und setzt sich in die letzte Reihe, auf einen der wenigen freien Plätze. Der Redner unter dem mächtigen Logo von *Boehringer Ingelheim* wirkt winzig und erinnert ihn an Jasper, die Körperhaltung, die Gestik, der Duktus, irgendwie auch die Stimme, aber Jasper ist in den USA. Dennoch sieht er im Programm nach, nein, da steht Lüttich, Prof. M. Lüttich, Universitätsspital Zürich. Wie lange, überlegt er, hat er Jasper nicht mehr gesehen? Der Kontakt ist abgebrochen, nachdem Jasper als Research Fellow nach Yale gegangen war, zu Beginn hatten sie noch regelmäßig gemailt, dann aber war ihm das Antworten auf Jaspers ausführliche Berichte immer schwerer gefallen, bis er es irgendwann einfach sein ließ.

In der Pause schlendert er, vage die Gesichter rings auf bekannte Züge scannend, zu einem weiß gedeckten Tisch, er nimmt sich eine Tasse, will sie eben mit Kaffee füllen, da tritt jemand neben ihn. Lass noch was übrig, sagt eine nun doch sehr vertraute Stimme. Ah, Lüttich, lacht Lenni, guter Vortrag, und was bitte machst du hier? Nicht nur, weil er ihn weit weg wähnte, auch weil Jaspers blonder Schopf einer Komplettglatze gewichen ist, hat er ihn vorhin auf der Bühne nicht gleich erkannt. Die Züge seines Gesichts sind prägnanter geworden, die Augen funkeln heiter.

Du kennst mich also noch, lacht Jasper. Warum hältst du Lüttichs Vortrag, fragt Lenni. Och, sagt Jasper, Lüttich hat Grippe, da habe ich kurzfristig übernommen, wir kennen uns aus Yale. Guter Vortrag, sagt Lenni, gut gehalten, und zweifelt gleichzeitig daran, dass er der richtige Mann ist, Jasper ein solches Kompliment zu machen. Halb so wild, sagt Jasper, war Lüttichs Skript, nicht meins. Und du, was treibst du so? Na ja. Viel gibt es da nicht zu erzählen. Praxis, Haus, Familie, Kitsch eben, lacht er etwas gequält. Erschrocken blickt er mit Jaspers Augen auf sein Leben: Er ist jemand, der Lokführer hat werden wollen und stattdessen Fahrscheine kontrolliert.

Und du, fragt er, wie war's drüben in den Staaten? Jetzt sei er ja wieder hier, sagt Jasper statt einer Antwort, und gerade dabei, eine Arbeitsgruppe zusammenzustellen, ein translationales Projekt an diesem neuen Institut, du hast sicher davon gehört, BIH, Berlin Institute of Health, der Charité angegliedert, üppig ausgestattet, er lacht, davon haben wir ja früher nur träumen können.

Wir.

Dazu gehört er doch schon lange nicht mehr, zu diesem Forscher-Wir. Während Jasper redet und Lenni an seinen Lippen hängt, setzen sie sich an eins der Tischchen im Foyer. Und dann hört er Jasper fragen, so, als redete er zu jemandem, der gar nicht anwesend ist, ob dieser Jemand sich vorstellen könnte, in seiner Gruppe mitzuarbeiten, er sei, wie gesagt, auf der Suche nach guten Leuten. Leute mit klinischer Erfahrung, Ausdauer, mit Phantasie, Leute wie du, Lenni. Erfahrung? Ausdauer? Phantasie? Mensch, Jasper, sagt er geschmeichelt und erschrocken zugleich, das ist nett von dir, aber ich bin raus, seit Jahren. Ich bin Landarzt, Provinzpraktiker, verstehst du, Pampa, fernab jeder wissenschaftlichen Herausforderung.

Nett, lacht Jasper, das hat mir bisher noch keiner gesagt. Nein, ich mein es ernst, Lenni, du bringst die Evidenz der Praxis mit, es geht ja gerade um das Zusammenbringen von Grundlagenforschung und Klinik, wer wäre da besser geeignet als du? Und ich würde gern wieder mit dir zusammenarbeiten, ganz simpel, ganz egoistisch, vielleicht auch ein bisschen nostalgisch. Es ist dein Gebiet, es ist unser Gebiet. Überlegs dir, sagt er, ich schicke dir die Unterlagen. Jasper …, sagt Lenni, Jasper! Projektbeginn wäre im Juni, du hast also Zeit, noch alles zu regeln.

Nachdem Jasper gefahren ist, steht er da. Steht er nun da. Auf dem Parkplatz. Stehen gelassen. Starrt in die Richtung, in die Jaspers Wagen verschwunden ist. Die Ausfahrt, die besenartig kahlen Bäumchen rechts und links, die toten gelben Rasenflächen, der Lärm der Autobahn, die Krähen, das geschmacklos-moderne Kongresshotel. Soll er wieder reingehen? Das darf doch nicht wahr sein, denkt er, ausgerechnet jetzt. Im richtigen Moment. Oder im falschen. Das ist ein Zeichen, das muss eins sein, das muss. Und warum sieht er in letzter Zeit überall Zeichen? Zeichen sehen ist doch ein sicheres Zeichen – wofür? Für Havarie.

Er steigt ins Auto.

Noch unter dem Eindruck von Jaspers starker Persönlichkeit, fährt er forsch, wechselt kurz vor einem herannahenden tiefer gelegten Boliden auf die äußerste Spur, um ein Wohnmobil zu überholen, extra lässt er anschließend den drängelnden Audi nicht überholen, beschleunigt auf ein Tempo, das ihm unter normalen Umständen den Angstschweiß auf die Stirn getrieben hätte, fühlt sich absurd stark und großartig, bis der Audi mit einem lang gezogenen höhnischen Hupen rechts an ihm vorbeirauscht. Er fragt sich, warum eigentlich alle anderen energischer im Leben vorgehen, brutaler, rücksichtsloser, er wechselt zurück auf die Schneckenspur, um halb fünf ist er zu Hause.

Schon von draußen hört er sie spielen. Zum Niederknien schön. Das Außenlicht brennt. Taxi kommt ihm entgegen, sie humpelt. Was ist denn mit dir los? Er kauert sich hin, und als wollte sie ihm die Bescherung gleich zeigen, hebt sie das linke Vorderbein. Er tastet es ab bis oben in die Schulter, prüft die Gelenke – als er ihr den Ellbogen streckt, jault sie auf. So, hier also tut es weh. Hat der Hund sich vertreten? Sie wedelt zaghaft und sieht ihn an. Er streicht ihr über den Kopf. Während andere sich mit ihrem Fortkommen beschäftigen, erledigt er hier seinen Kleinkram. Höhenflug, ade. Zurück in die Forschung?

Wie die Vergleichsmaschinerie sofort wieder in Gang gesetzt wird. Lenni gegen Jasper. Sein Auftreten und Jaspers Auftreten. Sein halbes Leben hat er vertan, so fühlt es sich an. Ist er von Sinnen gewesen, seine Karriere aufzugeben? Für das hier. Und das hier, stellt sich gerade heraus, ist nichts. Offenbar nie etwas gewesen, sonst könnte es sich doch nicht so umstandslos in Luft auflösen. Aber hat er wirklich Lust, wieder in die Forschung einzusteigen? Oder fühlt er sich nur genötigt, seine vermeintlich verplemperte Karriere nachzuholen, die mutmaßlich letzte Chance zu ergreifen, die ihm hier geboten wird? Eine lange verloren geglaubte innere Kraft zerrt an ihm. Es noch einmal wissen zu wollen. Es allen zu zeigen. Es Ines und Edda zu zeigen?

Er nimmt Taxi mit ins Haus und richtet ihr das Futter. Sie frisst nur wenig. Möglicherweise eine beginnende Arthrose, mutmaßt er, schließlich ist sie schon dreizehn. Er hangelt einen Topf aus dem Regal, füllt ihn mit Wasser. Spaghetti gehen immer, nicht nötig, Lea beim Üben zu stören. Zwiebeln schneiden, Hackfleisch anbraten, Pelati aus dem Schrank nehmen, öffnen, Käse aus dem Kühlschrank, alles da, sie haben ja gestern eingekauft.

Ruhig jetzt, sagt er sich, ruhig, halte dich an die Gegenwart, noch ist nichts entschieden, vielleicht ist alles nur heiße Luft. Nein, natürlich nicht, Jasper hält, was er verspricht. Er verspricht nur, was er auch halten kann. Zumindest war das früher so. Knoblauch, Sardellen, Kapern, wie von selbst arbeiten seine Finger, Taxi, sieht er, liegt drüben auf dem Teppich und hechelt. Einer muss doch die Dinge hier am Laufen halten, dieses Haus mit Leben füllen, oder nicht?

Da legen sich ihm von hinten Hände auf die Augen. Soll ich was helfen?, fragt sie. Nö, schon fertig fast. Taxi humpelt, sagt sie. Hab ich gesehen. Wenn es morgen früh nicht besser ist, fahre ich mit ihr zu Peter. Sie nickt und setzt sich an den Tisch. Sie ist aufgeregt, er sieht es im Augenwinkel, sie hibbelt herum, kann keinen Moment stillsitzen. Ist was?, fragt er. Erst, wenn du fertig bist, sagt sie, dabei kann sie es kaum noch abwarten. Hattest du einen schönen Tag, fragt er, um sie etwas abzulenken. Sie nickt heftig. Meine Güte, was ist denn los? Er schöpft Spaghetti, Soße darüber, Käse. Super, sagt sie, ich hab einen solchen Hunger. Und ich erst, lacht er. Na dann, hau rein. Sie stopft sich eine große Gabel voll in den Mund, kaut kurz, schluckt, rot verschmierter Mund, ich wechsle ans Musikgymnasium, sagt sie. Das heißt, wenn sie mich nehmen. So, sagt er und legt die volle Gabel auf den Teller. Was meint denn Frau Jung dazu, fragt er vorsichtig, ist das denn realistisch? Frau Jung hat doch den Vorschlag überhaupt gemacht, sie sagt, ich hätte fast alles aufgeholt, und wenn es so weitergeht, will sie mich ans Bach-Gymnasium empfehlen. Wow, sagt er, wow. Weißt du, wie mich das freut! Ja, jubelt sie, ich weiß!

Seine Tochter hilft sich selber.

Und sie hilft ihm.

Er streckt seine Hand aus, sie legt ihre Hand hinein. Aber das Musikgymnasium ist in Berlin, sagt sie. Na und, sagt er betont beiläufig, da werden wir schon eine Lösung finden. Alles passt zusammen, denkt er, meine Güte. Und Mama wird es auch freuen, sagt er, da kannst du drauf wetten. Ein Schatten schiebt sich auf ihr Gesicht, sie zieht die Hand zurück. Sie darf sich, denkt er, nicht zu weit von ihrer Mutter entfernen, auch wenn sie verletzt und enttäuscht ist. Noch ist ja nicht entschieden, ob Ines zurückkommt, wenn ihr das dort in Polen zu viel werden wird; irgendwann, ist er überzeugt, muss es ihr doch zu viel werden.

Am nächsten Morgen kann Taxi ihren linken Vorderlauf nicht mehr belasten. Kommt er mit der Hand auch nur in die Nähe des Beins, jault sie auf. Ich bringe dich, sagt er zu Lea, erst in die Schule und fahre danach mit ihr zu Peter. Bin ich schuld?, fragt sie. Weil ich sie auf der Fähre gezwungen habe, sich hinzusetzen. Nein, sagt er, es ist ja das andere Bein. Er weiß nicht, ob es das andere Bein ist. Sie ist einfach schon ziemlich alt, sagt er, da zwicken die Gelenke manchmal auch ohne Grund. Setzt du dich mit nach hinten, dann kannst du ein bisschen auf sie aufpassen. Vorsichtig hebt er Taxi zu Lea auf den Rücksitz, er würde den Hund nachher einfach mit nach Potsdam nehmen. Lea bettet sich Taxis Kopf auf den Oberschenkel und krault sie hinter den Ohren.

Peters Wartezimmer ist voll.

Die Vormittagsvorträge würde er verpassen, egal. Was fehlt uns denn heute, witzelt Peter, als sie nach anderthalb Stunden endlich dran sind, offenbar unbeeindruckt von der Menge an Arbeit, die draußen noch auf ihn wartet. Taxis Schwanz, ihre Ohren hängen, den Vorderlauf hält sie angewinkelt, sie hechelt und zittert, sie wirkt sehr alt. Er hebt sie auf den Schragen, und Peter beginnt sachte den kranken Lauf zu untersuchen. Röntgen, sagt er nach einer Weile, ich gebe ihr eine Sedierung, der Schalk ist aus seinen Augen verschwunden.

Die Röntgenbilder auf dem Monitor zeigen deutliche Verdichtungen am und im Knochen. Osteosarkom vermutlich, sagt Peter, kommt beim Hund leider häufig vor, machen wir noch ein Lungenröntgen; wenn wir in der Lunge keine Metastasen haben, sollten wir eine Osteomyelitis ausschließen.

Aber die Bilder von Taxis Lunge zeigen bereits kugelige Verschattungen an den Rändern, typisch, laut Peter, für die Metastasierung eines Osteosarkoms. Ich sage dir ganz ehrlich, wir sollten sie nicht leiden lassen.

Hätte ich das nicht merken müssen, fragt Lenni und denkt an den Spaziergang auf Hiddensee. Dass sie sich beim Ausrutschen auf den glatten Schiffsplanken wehgetan hat, dachte er, etwas Vorübergehendes, etwas, das wieder heilt ... Nicht unbedingt, sagt Peter, Hunde zeigen oft lange keine Anzeichen von Schmerz, mach dir keine Vorwürfe, sie hatte ein schönes Leben. Ich muss Lea anrufen, denkt er, damit sie Abschied nehmen kann von ihrem Hund, ich muss Lea anrufen, sagt er, sie sollte dabei sein. Kannst du die Sedierung noch etwas verlängern?

Während er im Röntgenzimmer mit der so unvermittelt todkranken Taxi auf Lea wartet, überkommt ihn eine bodenlose Angst. Er hat das Gefühl, endgültig die Kontrolle zu verlieren. Woran er hängt, was er liebt, scheint ihm abhandenzukommen, eins ums andere, eine solche Angst hat er plötzlich, auch Lea könnte etwas passieren, auf dem Weg hierher, oder morgen, übermorgen. Beinah panisch umfasst er den stillen Hundekörper und birgt sein Gesicht im warmen Fell, spürt das Herz schlagen. Noch. Durch die bleibewehrte Tür gedämpft, hört er von drüben Peters Bass, ein Miauen, eine Frauenstimme. Taxis Blick, bevor sie eingeschlafen ist, ein vertrauensvoller Blick – und er, er ist dabei, sie töten zu lassen.

Weil es das Beste für sie ist.

Sekunden nachdem Peter ihr das Pentobarbital intravenös gespritzt hat, hört Taxis Herz auf zu schlagen, hört einfach auf, steht still, sanft, im Schlaf. Sanft und gewaltsam zugleich. Ich könnte das nicht, denkt er, niemals.

Während sich nichts verändert hat, hat sich alles verändert. Ein paar Tropfen Blut hängen noch im Fell, dort, wo Peter die Nadel aus der Vene gezogen hat.

Er nimmt Taxi auf den Arm und trägt sie zum Auto. Lea schleicht hinter ihm her. Leg sie zu mir, sagt sie, so wie heut Morgen. Die ganze Fahrt über weint sie, er sieht es im Rückspiegel, die Tränen rinnen ihr übers Gesicht, während sie unablässig den toten Taxikörper streichelt. Siehst du, sagt sie, als sie aus dem Auto steigen, auch Taxi geht einfach. Er hält inne. Komm, sagt er, und sie flüchtet sich in seine Arme. Lange stehen sie so in der Kälte. Was meinst du, fragt er irgendwann leise, sollen wir sie begraben? Sie begraben, bevor die Totenstarre einsetzt, bevor sie nicht mehr aussehen wird, als ob sie nur schlafen würde. Lea löst sich von ihm und reibt sich die Augen, unbeholfen mit den Fäusten wie ein dreijähriges Kind.

Unten im Wäldchen, neben einer jungen Eiche, beginnt er, Taxis Grab zu schaufeln. Der Boden ist zwar noch nicht gefroren, dennoch dauert es eine ganze Weile, bis das Loch tief genug ist. Eingeschlagen in eine Decke bettet er Taxi in die Grube, ist sie wirklich tot, fragt Lea, bist du ganz sicher? Ganz sicher, sagt er. Warte, sagt sie und rennt hoch zum Haus. Sie bringt eine Dose mit Taxis Futter, ihre Lieblingssocke und eine Kette mit farbigen Glasperlen. Socke und Futter legt sie zu Taxi ins Grab.

Zusammen schaufeln sie die Grube zu, er tritt die Erde fest und wuchtet dann einen großen Stein darauf, er hofft, dass die Wildschweine den Kadaver nicht riechen. Lea zerreißt die Kette und legt die losen Glasperlen in eine Kuhle im Stein.

Übrig geblieben: Lea und Lenni.

Lea wendet sich ab und geht hoch zum Haus. Ein paar Minuten später schieben sich wütend gestrichene Klänge durch den Garten, wild klagende Töne. Ich muss mich bewegen. Bewegen. Gehen. Und während er geht, wird Leas Musik leiser, dafür hört er Taxi. Mal neben, mal hinter sich, hört er sie rascheln, schnüffeln, scharren. Er wartet, und er wartet vergebens. Er begreift nicht, dass dieser Hund plötzlich nicht mehr da ist. Kaum achtet er darauf, wohin er tritt, der schiere Drang zu marschieren treibt ihn vorwärts, erst auf dem Panoramaweg ein Stück, dann hört der Weg auf. Lenni geht einfach weiter. Ins Unterholz, rutscht aus, schlittert den Hang hinab, bekommt Brombeerranken zu fassen, greift in die Dornen, fängt sich, zieht sich hoch, hat blutige Hände. Er klettert über ein Mäuerchen und erreicht das Seeufer.

Der Himmel ist grau, der See ist grau.

Unbelaubt sind die Bäume, verlassen liegen die Bungalows und kleinen Villen am Hang, beliebig Blicken ausgesetzt, gelangweilt, so scheint es ihm, warten all die Sommerhäuser auf die nächste Saison. Die Scherri zieht am jenseitigen Ufer vorbei, sie ist beleuchtet mit bunten Lampen, eben weht der Wind Musik an sein Ohr. In anderen Jahren war der See um diese Jahreszeit zugefroren, eine kaum sichtbare Fläche dünnen Eises, die Enten schienen auf dem Wasser zu stehen.

Lea spielt noch, als er heimkommt. Er nimmt den Laptop aus seiner Mappe und setzt sich ans Fenster. Immer wieder ist er erstaunt, wie früh die Dämmerung einsetzt um diese Jahreszeit. Eine Weile hört er zu. Nichts vermag ihn mehr zu trösten als diese traurige Musik. Er schaut nach, ob Jaspers Angebot schon in seinem Postfach liegt.

Während er auf eine seltsam unbeteiligte Weise einverstanden ist, dass sein Leben sich ändert, beginnt er, sich als Gast zu fühlen in diesem Haus. Als wäre er bei jemandem auf dem Land zu Besuch und insgeheim froh, die beunruhigende Idylle bald wieder verlassen zu können, zurückzukehren in die verkommenen Ecken der Stadt. Was hässlich ist, scheint ihm zumindest wahrhaftig. Er beginnt, das bisherige und das zukünftige Leben in eine Hierarchie zu stellen. Damit ihm das zukünftige Leben verlockend erscheinen kann, muss er das bisherige denunzieren. So wie schon einmal. Nur andersrum.

Er sieht sie beide noch vor dem Haus stehen, du hattest recht, sagte er, legte den Arm um Ines' Schultern, ich kann mir überhaupt nicht mehr vorstellen, woanders zu leben. Jetzt, lachte sie, fehlt nur noch der Hund.

Geht er zu Bett, bleibt Ines unten. Auf den Knien das Tablet, halbe Nächte lang. Was schaust du?, fragt er, als er sie einmal morgens um zwei auf dem Sofa findet. Nichts, antwortet sie erschrocken, ich dachte, du schläfst. Zeig doch mal, sagt er und setzt sich neben sie. Auf Youtube hatte sie »worst hoods in america« eingegeben, wie bist du denn darauf gekommen, fragt er. Videos von Leuten, die im Schritttempo durch Straßen fahren, in Detroit etwa oder in Camden, New Jersey, manche schnipselkurz, andere eine halbe oder eine Stunde dauernd. Straßenzüge voller verfallender Häuser, an den Rändern Schutt, meist menschenleer. Im Regen, in tiefem Schnee oder bei großer Hitze. Zu hören ist nur das Motorengeräusch, einschläfernd monoton. Wie hypnotisiert starrt auch er auf den Bildschirm; es sind Eindrücke wie aus einem Jarmusch-Film, prekäre amerikanische Stillleben.

Wie oft in meinem Leben, fragt er sich da, neben Ines auf dem Sofa sitzend, habe ich mich für etwas begeistert, und wie oft ist diese Begeisterung versandet? Sieht er sich diese Bilder an, zündelt ein müdes Flämmchen, ein himmeltrauriges Andenken an unreife Träume grobkörniger Freiheit. Straßen, auf denen er nie gefahren ist, Gegenden, deren Wirklichkeit nichts mit Freiheit zu tun hat. Wie ein Brand ist das Leben über Verheißungen hinweggegangen, und er hat es nicht einmal gemerkt. Und sie beide haben sich nicht vor der Wüste bewahren können, die dieser Brand hinterlassen hat. Er legt den Arm um Ines' Schultern und drückt sie an sich.

Ines' Phase der Worst-Neighborhood-Videos geht vorbei.

Kurz darauf fängt sie an, sich dick zu fühlen. Zu viel Ballast, sagt sie, und je mehr sie abnimmt, desto akribischer zählt sie Kalorien. Sie kauft nur noch naturbelassene Lebensmittel, auch Taxi bekommt gesundes Futter ohne Zusatzstoffe, manchmal fährt sie extra in die Stadt, wenn sie etwas bei ihnen nicht findet.

Und dann beginnt sie wieder zu wandern. Das hingegen beruhigt ihn eher. Weil er es kennt. Als bliebe von der rastlosen Suche nach sich selber endlich nur noch die Suche übrig. Mutterseelenallein bricht sie zu diesen verrückten Touren auf, spätabends oder mitten in der Nacht ruft sie an, damit er sie abholt. Einmal im Oderbruch, nahe Küstrin, findet er sie auf einem Steinhaufen sitzend, Sommer, fast Vollmond, er ist sauer, weil er am nächsten Tag arbeiten muss. Setz dich zu mir, sagt sie bloß. Er setzt sich zu ihr. Sie bleiben, bis über den Oderhängen die Sonne aufgeht. Am nächsten Tag fühlt er sich so wach und lebendig wie schon sehr lange nicht mehr.

Als stünden neben ihm bereits die gepackten Koffer, als säße er in einem schon halb entseelten Raum. Nein, es gibt für ihn keine Hierarchie der Orte mehr. Er ist nicht mehr wählerisch. Weder besser noch schlechter ist das eine noch das andere. Gelassen würde er hinnehmen, was er vorfände. Er würde den hohen Himmel vermissen, den See, die Hügel. Er würde alles hier vermissen, aber auch das würde er hinnehmen, er würde sich daran gewöhnen, wie er sich bisher an restlos alles in seinem Leben gewöhnt hat, sogar irgendwann an die Finsternis in der finnischen Heimat seiner Mutter. Was hat er eigentlich noch zu verlieren?

Er geht hinauf in Ines' Zimmer. Der Schreibtisch, ihr uraltes, ziemlich abgewetztes Sofa. Zum hundertsten Mal wohl durchsucht er ihren Schreibtisch, dann die Kommode. In der Hoffnung, etwas übersehen zu haben. Irgendetwas. Er nimmt das Handy und wählt ihre Nummer. Ines, sagt er auf die Mailbox, den Blick auf dem See unten, diesem Puzzleteil, das noch immer fehlt, die schön geschwungene Uferlinie, die Farben des Winters, Taxi ist tot. Lea und ich haben sie unten im Wäldchen begraben. Und während er das sagt, laufen ihm endlich Tränen über die Wangen. Sie tropfen auf die Schreibunterlage, Kästchen hat Ines mit Kugelschreiber darauf gemalt. Tief eingraviert, so, als wäre sie wütend gewesen, Kästchen und Kreise und Kreuze. Mit dem Zeigefinger fährt er die Rinnen entlang. Wieder und wieder.

Mitte Dezember ist Jaspers Mail noch immer nicht da. In Gedanken hat er sich schon von der Gegend verabschiedet. Von der Praxis, vom Haus am Hang, von den Feldern, vom See. Unumkehrbar hat er begonnen, sich auf die Stadt vorzubereiten. So überzeugt war er, Jasper wäre zu trauen. Einmal hat er ihn angerufen und zweimal eine Mail geschickt, keinmal eine Antwort bekommen, auch keine Abwesenheitsmeldung.

Er saugt das Wohnzimmer, wischt die Ecken aus. Da sie seit gestern nur noch laut brummt, wenn er sie einschaltet, nimmt er die Kaffeemaschine auseinander. Auf ein weißes Tuch legt er all die Teile und Teilchen, die für die Funktion der Maschine unerlässlich sind. Rädchen und Schräubchen und Dichtungen und Klammern. Vielleicht hat ihm Jasper dieses Angebot doch zu spontan gemacht, überwältigt von der Wiedersehensfreude, aus einem sentimentalen Moment heraus, und nun sind ihm Zweifel gekommen, ob Lenni wirklich der Richtige für den Job ist. Oder die Geldgeber haben ihr Veto eingelegt. Oder, oder.

Er hat es im Grunde ja gewusst. Er hat es gewusst.

Dennoch hat Jaspers Vertrauen ihn aus seinem Alltag katapultiert, und nun, nun kann er sich nicht mehr vorstellen, einfach weiterzumachen wie bisher. Was, erinnert er sich, hat er als halbwüchsiger Bub nicht alles auseinandergenommen. Als hätte er ein fotografisches Gedächtnis, konnte er sich merken, wo noch das kleinste Teilchen hingehörte. Kann er noch immer, offenbar. Sorgfältig reinigt er Zahnräder, Gummidichtungen, Schrauben und baut die Mechanik wieder zusammen. Er füllt Bohnen und Wasser nach, verbindet das Gerät mit dem Strom, schaltet es ein und wartet, bis die rote Lampe erlischt. Die erste Tasse schüttet er weg, die zweite schmeckt hervorragend. Er schiebt die Maschine zurück an ihren Platz an der Wand und sieht, dass er ein winziges, schwarzes Zahnrädchen vergessen hat. Das aber offensichtlich überflüssig ist, ohne Funktion, sonst würde die Maschine ja nicht anstandslos Bohnen mahlen und Kaffee kochen, logisch.

Trotz der vielen Arbeit in der Praxis ziehen sich die Tage. Er wird immer nervöser und gereizter. Ständig schaut er nach, ob endlich Jaspers Mail gekommen ist. Er googelt nach diesem neuen Institut. Er googelt nach Jasper. Er verflucht, Jasper getroffen zu haben, er hasst ihn, weil er die Macht hat, ihm eine Zukunft zu versprechen und ihn dann hängen zu lassen. Er hasst sich selber, weil er sich so enthusiastisch bereitwillig und ohne jede Sicherheit auf diese grundlegende Änderung seines Lebens eingestellt hat. Jede Alternative deprimiert ihn. Alles scheint unter seinen Fingern zu zerbröseln.

Und dann kommen die Unterlagen doch. Sogar der Vertrag liegt schon bei. Es tue ihm leid, schreibt Jasper, er habe unerwartet in die Staaten fliegen müssen, es würde ihn wirklich freuen undsoweiter. Die Konditionen sind super, die Erklärung scheint plausibel. Nichts deutet darauf hin, dass es irgendwelche Zweifel gab.

Die Erleichterung ist überwältigend.

Die Welt, vorher grau und öde, schimmert plötzlich wieder in allen möglichen Farben. Er ist wieder wer. Er ist gefragt. So fühlt es sich an. Ich bin angeschlagen, denkt er, ziemlich beschädigt, sonst würde ich doch nicht so einen Mist denken. Beinah zwanghaft sucht er nach Einwänden. Ist Jaspers Erklärung wirklich plausibel? Warum hat er ihm nicht einfach Bescheid sagen können, eine kurze Mail, eine SMS. Schließlich hat er ja auch Dinge vorzubereiten. Kann Jasper sich das nicht denken? Respekt? Soll er ihn anrufen? So wie er das früher getan hätte, um schnell nachzufragen, ein Missverständnis unkompliziert zu klären. Verwirft es. Wer muss hier eigentlich froh sein um wen, fragt er sich mit dem Selbstbewusstsein, das ihm durch Jaspers Angebot nun wieder zur Verfügung steht. Er schüttelt den Kopf.

Ines, spricht er auf die Mailbox, was ich dir noch sagen wollte. Lea macht im April die Prüfung fürs Bach-Gymnasium. Und ich habe ein Angebot von Herrn Bloom, in die Forschung zurückzugehen, nach Berlin zurück. Aber nur, wenn du einverstanden bist.

Als er einmal zur Tür hereinkommt, bleibt er vor der

Garderobe stehen. Dein Mantel, spricht er auf die Mailbox, dein blauer Mantel neben Leas Friesennerz. Einen Moment lang habe ich dich gesehen, leibhaftig, ich liebe dich.

Beinah täglich spricht er jetzt etwas auf Ines' Mailbox, Gedanken, auch Erinnerungen, manchmal Nonsens. Es fühlt sich an, als würde er jemandem Nachrichten zukommen lassen, der längst tot und begraben ist. Kämpfen wolle er um sie, erinnert er sich, hat er sich damals auf der Rückreise von Hiddensee geschworen. Es ist ein Schattenkampf, ein Kampf ohne Gegner, ein Kampf mit sich selber – wenn es denn überhaupt ein Kampf ist.

Die Liebe siegt nicht notwendigerweise. Woher hat er das? Und welche Liebe? Und was ist Liebe überhaupt? Sich kennen, sich vertrauen? Am letzten Tag des alten Jahres, bevor sie losfahren, um mit Peter und Sabine zu feiern, klingelt das Telefon. Als er den Hörer abnimmt, ist niemand dran. Das war bestimmt Mama, sagt er zu Lea, das sind die maroden polnischen Leitungen, Quatsch, sagt Lea.

Im neuen Jahr beginnt der Countdown. Mit Volldampf bereitet er sich auf den Umzug nach Berlin vor. Ein Nachfolger für die Praxis ist bereits in Sicht; ein junger Kollege aus Tschechien, den er schon zweimal getroffen hat. Er gibt sich alle Mühe, Lea ein Vater zu sein und gleichzeitig eine Mutter. Er kauft ein, kocht, putzt, wäscht. Er liegt im Bett, allein. Obwohl er jeden Abend todmüde ist, kann er oft lange nicht einschlafen, und wenn er endlich eingeschlafen ist, tritt Ines auf.

Ein schauriger Lärm lässt ihn zusammenfahren, ein Klopfen und Hämmern gegen eine Tür. Kein Wunder, alles Mögliche hat er höchstwahrscheinlich falsch gemacht. Lea!, er muss Lea in Sicherheit bringen! Er will hinübergehen zu Lea. Vor der Tür aber patrouillieren Männer und Frauen. Sie tragen Uniformen, richtige Uniformen mit Tassel, Koppel, Kürzel, auch die Gesichter sehen alle gleich aus. Irgendwo wird ein Kreischen laut, das in einem hohen, klagenden Singsang endet, um dann gleich von Neuem zu beginnen. Es ist eine Knabenstimme, nein, Ines' Stimme, um Himmels willen, und gleich darauf wird Ines an ihm vorbeigeführt, abgeführt, sie blickt ihn an, aber scheint ihn nicht zu erkennen. Sie verschwinden am Ende des Flurs, es ist ein endloser Flur, ein Flur ohne Ende. Von weiter weg hört er eine Melodie, eine von vielen Stimmen gesungene Weise, ein Schlaflied, ein Kirchenlied, er fasst sich ein Herz und stürmt hinaus, will hinter ihr herlaufen, unter seinen Füßen schiebt sich der Boden zurück, was er läuft, wird gleich wieder eingeholt, er läuft und läuft. Die Uniformierten lachen. Die Wände lachen. Die Luft lacht. Er sieht an sich hinunter und sieht nur einen blauen Mantel. Lachen. Er sucht vergebens seine Beine und Arme, und als er sich die Ohren zuhalten will, ist da nichts, keine Ohren, auch kein Mund, keine Augen, keine Nase, kein Gesicht, kein Kopf.

Nichts.

Papa? Schweißgebadet, noch das Höllengelächter im Ohr, sitzt er im Flur auf dem Boden. Papa, was ist? Mit dem nassen Pyjamaärmel streicht er sich das nasse Haar aus dem Gesicht, sieht sie an, Lea, er nimmt ihre Hand, alles in Ordnung? Das müsste ich eigentlich dich fragen, sagt sie leise, komm, zieh dir was anderes an. Mach ich, sagt er folgsam, geh wieder schlafen. Er zieht sich den Pyjama aus, reißt das Fenster auf, schlüpft nackt ins Bett. Nach einer Weile beginnt er zu frieren, eine halbe Ewigkeit liegt er da, zusammengekrümmt, zitternd, bis er sich endlich aufrafft und sich alles anzieht, was er finden kann, lange Unterhose, Trainingshose, zwei Pullover, und das Fenster schließt, sich wieder hinlegt, nur um noch eine halbe Stunde schwitzend und hellwach zu warten, bis der Wecker endlich klingelt.

Was war das, fragt Lea am Frühstückstisch, hast du so was öfter? Früher, erinnert er sich, hatte er Lea immer Märchen vorgelesen, furchtbare Märchen, findest du das gut, fragte Ines, ich meine, traumatisiert sie das nicht zu sehr? Aber Lea hatte diese Märchen unbedingt hören wollen, Blaubart; die Blutbottiche im verbotenen Zimmer haben sie ungemein fasziniert, keine anderen Märchen wollte sie hören, nur diese, je gruseliger, desto besser. Er saß an ihrem Bett und las. Nichts konnte die Sicherheit und den Frieden ihres Zuhauses erschüttern. So überzeugt war er, und so stark fühlte er sich. In der Lage, sie beschützen zu können, komme, was wolle.

Träumst du nie von Mama?, fragt er.

Sie schüttelt entschieden den Kopf. Als würde von ihrem Willen abhängen, wovon sie träumt. Ihr Gesicht hat sich verändert. Die Fettpölsterchen an Wangen und Kinn sind beinah verschwunden. Es wirkt erwachsener, ja, fast erwachsen. Er fragt sich, was alles er nicht sieht.

Von einem Tag auf den anderen sinken die Temperaturen. Es beginnt zu schneien. Der See friert zu.

Er hört Lea üben.

Kaum gibt es noch Zeiten, zu denen sie nicht übt. An die acht Stunden täglich. Auch an den Wochenenden. An einem Sonntagmorgen fällt ihm auf, dass es anders klingt. Keine Gänsehaut mehr. Logisch. Gewöhnung. Man kann ja nicht ständig Gänsehaut bekommen, irgendwann gewöhnt man sich auch an die allerschönsten Klänge.

Oder übt sie zu viel?

Er sieht hinaus ins Schneetreiben, in das zufällige Muster von Milliarden tanzender weißer Pünktchen vor dem Hintergrund eines grau verhangenen Himmels. Ihr Spiel ist vollkommen taktrein, technisch virtuos – aber es klingt gewollt und fast ein bisschen kalt.

Er holt den Schlitten aus dem Keller.

Er geht hinauf und klopft an Leas Tür, keine Reaktion. Er klopft noch mal, lauter. Ja?, ruft sie. Er öffnet. Lass uns rodeln gehen, sagt er munter, komm! Ich kann nicht, sagt sie. Doch, du kannst. Zu viel üben, sagt er, ist nicht gesund. Sie lacht.

Sie gehen zum Sträßchen, das steil hinunter zum See führt. Es sieht aus, als wäre hier nie eine Straße gewesen. Durch die Äste der Bäume, dick bepackt mit Schnee, sieht er auf die matt schimmernde weiße Fläche des Sees. Keine einzige Spur ist darauf zu sehen. Als habe jemand das Puzzleteil endlich eingesetzt. Als wäre das Bild nun fertig. Wenn Ines das sehen könnte. Das muss ich ihr dann erzählen, dieser Gedanke kommt ihm jetzt ständig, *das muss ich ihr aber dann erzählen.*

Er setzt sich auf den Schlitten, Lea setzt sich zwischen seine Beine, wie früher. Als säßen sie in einem Kahn, paddeln sie mit den Händen, nehmen dann doch die Füße zu Hilfe, erst ruckt der Schlitten nur ein kleines Stückchen vor, bis die Kufen wohl auf vereiste Reifenspuren unter dem Neuschnee treffen, und ab geht die Post. Es ist, als ob sie flögen, durch weißes Nichts, Lea kreischt, den einen Arm hat er um ihren Bauch geschlungen, mit dem anderen hält er sich hinten am Schlitten fest; würden sie fallen, würden sie zusammen fallen.

Wir waren Schlitten fahren mal wieder, der Schnee liegt fast kniehoch, du hättest Lea erleben sollen, sagt er abends auf die Mailbox. Es ist, als lasse er eine Tür offen, als stelle er ein Licht ins Fenster. Er hofft, sie würde das Licht sehen von ferne. Etwas über drei Monate, sagt der Kalender in seinem Handy, achtundneunzig Tage, ist sie nun weg. Nichts hat er gehört. Gar nichts. So langsam sollte er sich an den Gedanken gewöhnen: Sie ist fort. Fort. Sie wird nicht wiederkommen. Während er früher gern allein gewesen ist und vehement bestritten hätte, Ines zu *brauchen*, kann er jetzt nicht mehr allein sein. Ist er allein, fehlt ihm alles. Schaut er in den Spiegel, sieht er einen alten Mann. Einen ordentlich gekleideten, sauber rasierten, aber alten Mann. Schließt er die Augen, sieht er rote Farben in unterschiedlichen Schattierungen. Mächtige Bilder mit lächelnden Menschen. Menschen, die in eine lichte Zukunft blicken. Die spielen oder nicht spielen. Gläubige. Deren Gesichter identisch sind. Abziehbilder. Er hört höllisches Gelächter und lieblich gesungene Seelenfängerhymnen.

Irgendwann ist die Mailbox ausgeschaltet. Statt Ines' Stimme, Nachrichten bitte nach dem Pieeep …, kommt nun die übliche Standardansage, dass dieser Anschluss vorübergehend nicht erreichbar sei; hat sie seine Nummer geblockt? Will sie nicht mehr beunruhigt werden von Rufen aus ihrem alten Leben? Ines, sagt er trotzdem, Lea hat die Prüfung bestanden, stell dir vor! Unsere Tochter wird Cello studieren, hast du dir das nicht immer gewünscht?

Und am selben Morgen, einem Morgen im April, wird er wieder zu Frau Philips gerufen. Sie habe anders geklungen, sagt Agata, sie glaube, es sei schlimm. Er steigt sofort ins Auto. Er fährt schnell, schneller als sonst, er kachelt über die Katastrophenstraße nach Ihlow hinein, über das kurze Stück Feldweg zum Haus der Philips', und als er auf dem sauber gerechten Hof den Motor ausmacht, weiß er, dass er zu spät kommt. Er weiß es einfach. Er klingelt, sie macht nicht auf, er ruft Rettung und Polizei.

Sie liegt auf dem geschliffenen Betonboden im Wohnzimmer, den Kopf auf dem Perserteppich, Erbrochenes vor dem Mund und etwas Schaum. Er versucht, sie wiederzubeleben, nach zehn Minuten kommt die Ambulanz, nach einer Dreiviertelstunde geben sie auf. Erstickt an Erbrochenem. Kein Fremdverschulden – auf den ersten Blick. Trotz des kühlen Morgens ist die Glasfront zum Garten weit geöffnet, er hört die Vögel jubilieren und von ferne Hühner gackern, blühende Blausterne bedecken die Wiese rund ums Haus, ein leichter Wind geht. Zu allein, denkt er, oder nicht allein genug.

Über die Dörfer fährt er hinaus ins Oderbruch. Auf einem Parkplatz hinter Güstebieser Loose stellt er das Auto ab. Wie von einer Schnur gezogen strebt er dem Wasser zu. Er steigt auf den Deich. Unter ihm schiebt sich der Strom breit und träge nordwärts, dem Stettiner Haff zu. Er sieht: Wildgänse ziehen längs der Niederung, ein Kranichpaar steht im Flutwasser, die beiden Vögel weichen drei, vier Schritt im Duett und schreien. Jenseits des Stroms ein polnisches Dorf. Er sieht die im Frühlingswind silbern spindelnden Blätter der Weiden am Ufer. Er sieht Enten, die auf einem Stück Totholz hocken. Zwei Krähen, die sich um einen Wurm streiten. Er sieht Frau Philips da liegen. Auf dem bodengeheizten, fein geschliffenen Beton, ihr Kopf mit den dunklen Locken auf dem wunderschönen Keshan. Er erinnert sich, wie er sich nicht vorstellen konnte, auf diesen Teppich zu treten, und er immer drum herumging.

Er versucht, den Kranichruf nachzumachen.

Er schreit. Und schreit.

Niemand kann ihn hören.

Niemand ist in der Nähe.

Zum Glück hat er in der nächsten Zeit keine Zeit, nachzudenken. Umzug organisieren, Nachfolger einarbeiten, packen, Abschiedsfest. Er rennt, er wirbelt, er hätte nicht gedacht, überhaupt noch in der Lage zu sein, solch ein Pensum zu bewältigen.

Alle lädt er ein. Ines, sagt er ins Telefon, wir machen ein Abschiedsfest – wenn du kommen möchtest.

Er setzt Ines' Punsch an, bereitet mehrere Schüsseln Kartoffelsalat, Fleisch- und Gemüsespieße vor, Agata hilft ihm. Sie hat darauf bestanden. Nach und nach tröpfeln die Freunde in den Garten. Die Lampions leuchten.

Er lacht und plaudert. Auf die neue Herausforderung freue er sich, sagt er, und auf die Stadt. Nein, nein, das Haus wolle er nicht verkaufen. Ines gehe es prima, sie telefonierten regelmäßig. Er sieht, dass Peter Sabine aus dem Weg geht. Peggy und ihre Mutter hocken auf einer Bierkiste neben der Feuerschale, Peggy habe einen Freund, hat Lea letzthin erzählt. Roloff steht oben auf der Terrasse. Agata kommt eben mit einer neuen Schüssel Kartoffelsalat aus dem Haus. Jasper sitzt allein auf der Bank unten am Wäldchen.

Lenni lacht und plaudert.

Er geht von da nach dort.

Lacht und plaudert.

In Wahrheit steht er da.

Stocksteif. Stumm. Allein.

Papa? Alles okay?

Lea lässt sich nicht täuschen. Komm, sagt sie und nimmt ihn in den Arm. Aber als hätte er ein dickes Fell, ungeschorene Wolle vieler Jahre, verfilzte Zotten, spürt er nur einen Druck, der nicht unangenehm ist.

Bevor er eine Woche später endgültig zur Tür hinausgeht, sieht er noch einmal zurück. Ines' blauer Mantel, halb verdeckt von Leas Friesennerz. Er schließt ab. Sie hat ja noch ihren Schlüssel, denkt er und ist merkwürdig beruhigt. Ein letztes Mal blickt er über den See, türkisblau, gekräuselt. Lea kommt heraufgestapft vom Wäldchen, sie hat Taxi noch Tschüss sagen wollen.

Was arbeitest du eigentlich bei deiner Arbeit, fragt Lea eines Abends. Die Füße auf dem Couchtisch, schaut er eine Folge von *Mad Men*. Betty hat enorm zugenommen. Was ich eigentlich arbeite, lacht er und macht den Ton leiser.

Bittere Pillen wirken besser als süße, sagt er. Rote besser als blaue. Spritzen besser als was zum Schlucken. Es hilft sogar schon, wenn du zum Arzt gehst und einfach hoffst, dass dir geholfen wird. Das untersuchen wir. Wir schauen, ob es da eine Regel gibt. Echt jetzt, sagt sie, also wenn die Fakepille rot und bitter ist, wirkt sie genauso gut wie Ibuprofen? Oder Kortison? Genau, lacht er, fast. Idealerweise bekommst du sie von einem charismatischen Professor verschrieben. Von dir zum Beispiel, sagt sie, cool. Wenn ich Professor wäre, lacht er. Und dieselbe Pille, fragt sie, von einer Krankenschwester zum Beispiel, wirkt dann nicht? Das ist ja abgefahren und voll sexistisch.

Findet er das auch abgefahren? Nicht mehr so wie früher jedenfalls. Oder anders vielleicht. Früher fand er es faszinierend, verrückt, hochinteressant, dass unter bestimmten Umständen nicht nur der Geist, sondern auch der Körper auf nachweisbar falsche oder nicht vorhandene Information reagiert, früher hat er diese erstaunliche Evidenz mit wissenschaftlicher Hingabe analysieren können. Heute findet er das eher beunruhigend. Na ja, sagt er, gibt ja auch Professorinnen.

Die erste Zeit in der Stadt ist nicht so aufregend, wie er sich das vorgestellt hat. Sie vergeht einfach. Die neue Wohnung ist schön. Beste Lage. Teuer. So richtig kann er sich daran aber nicht freuen. Zu abendlichen Unternehmungen hat er nicht viel Lust. Meistens kocht er etwas für Lea und sich, liest oder hört Musik, sieht fern und geht früh zu Bett. Fast jeden Abend steht er noch eine Weile auf der Terrasse und sieht auf die Bäume des Weinbergparks hinab, auf die gelb verbrannten Rasenflächen, die abends reich bevölkert sind. Er sieht einen jungen Mann rennen. Der Mann trägt einen schwarzen Anzug und eine grasgrüne Krawatte. Ob er irgendwohin rennt, fragt Lenni sich, oder vor etwas davon? Bis ihm klar wird, dass der Mann einfach nur Runden dreht. Der Rauch von den Grillfeuern verteilt sich in schlierigen Schichten um Bäume und Häuser. Wie von weit her hört er die Menschen in allen möglichen Sprachen plaudern, er hört sie grölen und juchzen. Er hört arabische Musik und Hip-Hop und Techno und Rockmusik aus Gettoblastern, alles durcheinander. Manchmal wird die eine oder andere Musik lauter, dann wieder leiser, je nachdem, wie der Wind gerade steht.

Die Aufnahmekommission hatte Leas Spiel nicht nur für gut genug, sondern für herausragend befunden. Das beruhigt ihn. Eine Weile hat er ja befürchtet, sie habe zu viel geübt, sie habe sich selber zu stark unter Druck gesetzt. Einmal, als er ihr so zusieht und zuhört, hat er den Eindruck, sie spiele das Spielen. Während sie früher immer ganz versunken spielte, wirkt es jetzt, als wäre sie sich des Publikums bewusst und spiele die Versunkenheit nur. Er spricht sie darauf an. Wie jetzt, fragt sie. Echtes Spiel – was soll das denn sein? Das ist doch ein Widerspruch, niemand kann echt spielen. Papa, du wieder! Hat sie recht oder unrecht? Ist, was der eine als echt und wahrhaftig empfindet, für den anderen vielleicht bloß Kitsch? Hat er damals, als er sie von der Musikschule abholte, als er wie ein Schluck Wasser im Auto saß, bedürftig und zugleich begierig, sein Kind zu beschützen, sich von ihrem Spiel nur deshalb so tief berühren lassen. Und sie, enttäuscht von ihrer Mutter, erkennend, dass die Musik ihr Sinn und Halt gibt, wenn ihr sonst nichts Sinn und Halt zu geben vermag, hat die Töne, statt gespielt, erlebt, erlitten?

Hört man einfach, was man hören muss?

Nach der Arbeit gehen auch Jasper und er meistens noch auf ein Feierabendbier ins Speisekombinat. Manchmal begleitet sie Kurt, der Psychologenkollege, manchmal der Assistent.

An einem Abend im September kommen sie von einem späten Meeting, Kurt ist gleich verschwunden, Jasper und er sitzen an einem der langen Holztische, um sie ist die Hölle los, irgendjemand feiert, sie wollen nur schnell ein Bier kippen und dann nach Hause. Auf der Bank liegt ein Packen zerlesener Zeitungen, er legt sie auf den Tisch. Eine Headline springt ihm ins Auge, »*Bananen in …*« Was ist, fragt Jasper, was hast du? Ines, sagt Lenni und faltet die Seite auseinander, das ist dieses Projekt, von dem ich dir erzählt habe. Die Buchstaben krümmen sich, verschwimmen vor seinen Augen.

Was ist eigentlich mit Ines?, fragt Jasper am Abschiedsfest, mit dir und Ines, jetzt mal ehrlich. Hundert Ausreden schießen Lenni durch den Kopf, zum Glück ruft Agata nach ihm, und er darf, statt zu antworten, Salate servieren. Später aber setzt er sich zu Jasper auf die Bank.

Er hat keine Ahnung, warum er gerade ihm nun die ganze Geschichte zu erzählen beginnt. Weil Jasper so allein dagesessen hat? Selbst Peter weiß ja nicht viel mehr, als dass Ines zu dieser Gruppe um Edda gegangen ist, weil sie sich selber irgendwie finden oder verwirklichen oder optimieren will, und dass sie beide sowieso mal etwas Abstand brauchen.

Und während er erzählt, wird ihm klar, dass er überhaupt nicht sagen kann, was er sagen will. Es klingt wie Gewäsch. Wie nichts Besonderes. Wie etwas sehr Simples, das schnell jedem mal passiert. Kurz erinnert er sich an Leas Justin-Bieber-Phase, an diese Karikatur, die sein Kind eine Weile geradezu angebetet hat, weil andere sie anbeteten. Er muss an Social Media denken, an Influencer und Follower. Und in diesem Licht vielleicht, denkt er, ist, was geschehen ist, ja auch wirklich nichts Besonderes; so etwas kommt vor, so etwas kommt sogar ziemlich häufig vor. Ständig rennen Menschen doch anderen Menschen hinterher, von denen sie denken, sie wären schöner, begehrter, einflussreicher undsoweiter. Und vielleicht ist genau diese Bereitschaft, ja, dieses menschliche Bedürfnis – sich einer Macht, nicht nur freiwillig anzuschließen, nein, geradezu beglückt noch dem unsinnigsten Regelwerk zu folgen – das Allerverstörendste daran.

»*Bananen in Sibirien*«, liest Lenni laut vor, »ist eines der genialsten Kunstprojekte der letzten Jahre, wenn nicht überhaupt.«

Schwarz auf weiß.

Was hat er denn eigentlich erwartet? Dass die Bananen in Polen versanden würden? Klar hatte er ab und zu im Internet gesucht, aber bis auf die alten Besprechungen von Eddas früheren Inszenierungen nichts gefunden. Ein DJ beginnt Musik aufzulegen, 80er-Jahre-Zeug, *Thriller* von Michael Jackson. Wow, brüllt ihm da Jasper ins Ohr, eine ganze Seite, das ist ja offenbar ein großes Ding.

Lea ist schon zu Bett gegangen. Er macht eine Flasche Wein auf. Die Zeitung hat er mitgenommen. Um sich zu wappnen, trinkt er zwei Gläser direkt hintereinander.

Alles ist wieder da.

Unten, auf der Brunnenstraße, fährt eine späte Tram vorbei. Das Rumpeln und Schleifen bleibt eine Weile in seinem Ohr hängen.

Bananen in Sibirien, liest er, sei mehr als eine Performance-Installation, wie man sie von anderen Theaterkollektiven, Signa etwa, kenne – während Signa noch herumprobiere, schreibe Edda Pratt längst Theatergeschichte. Sie sei eine mystisch-charismatische Weltenschöpferin, die Universen erschaffe, bei denen nicht mehr eindeutig zu sagen sei, ob sie noch der Kunst oder schon der Wirklichkeit angehörten ... Worauf man sich hier einlasse, sei nicht weniger als ein Realexperiment, eine Live-Installation, eine Lebens-Form. Eines der radikalsten Kunstprojekte überhaupt!

Minutenlang starrt er auf das Foto über dem Text. Es zeigt die Rückenansicht einer Frau, die, links im Bild, allein in einem rot getünchten, hallenartigen Raum an einem Tisch sitzt. Sie trägt diese Edda-Uniform, schmaler Rock, weiße Bluse. Sie hat einen Undercut. An der Wand, ganz oben, genau mittig, hängt eine Uhr, deren beide Zeiger auf der Zwölf stehen. Rechts, im Hintergrund, eine geschlossene Tür. Erinnert ihn an Hopper. Eine Fotografie, die wie ein Gemälde wirkt. Ungeheuer ästhetisch zeigt es eine Atmosphäre totaler Verlorenheit. Das Foto ist von diesem Rüdiger, Eddas *Lieblingsmensch*. Rüdiger Brinkhaus.

Schon die halbe Flasche Wein hat er geleert. Er schenkt sich nach. Seine Hand zittert. Zwar werde von totalitären Entstehungsbedingungen gemunkelt, liest er weiter, das sei aber nicht zuletzt auch einem gewissen Zeitgeist geschuldet. Bei Edda Pratt seien die Entstehungsbedingungen immer schon genialer Teil des Kunstwerks gewesen, alles, was geschehe, werde aufgenommen und in die lebendige Installation gefügt: »*Bananen in Sibirien* ist groß. Größer, als wir uns vorstellen können.«

Boah!

Das, kann er nur noch denken, ist eine bittere knallrote Pille. Verabreicht von der Idealbesetzung – einem wichtigen Schreiber in einem wichtigen Blatt. Einem

Leitmedium. Im Jahr 2018, mitten in MeeToo und anderen Missbrauchsskandalen, erklärt dieser Mann, totalitäre Entstehungsbedingungen seien genialer Bestandteil eines Kunstprojektes. Also Spiel, alles Spiel, auch die Totalität, der Schmerz, die Verzweiflung. Eine Grenze, eine rote Linie? Gibt es dann wohl nicht mehr.

Und er weiß, dass die Pille wirken wird.

Er merkt es ja selber, sogar bei ihm wirkt sie; er überlegt sich soeben ernsthaft, ob der Autor dieser Hymne eventuell recht hat. Ob er etwas sieht, das ihm selbst entgangen ist. Er fragt sich, ob er vorschnell geurteilt hat. Ob alles gar nicht so schlimm gewesen ist. Ob er überreagiert hat. Ob Ines jetzt glücklich ist. Ob sie ihren Platz gefunden hat. Ob er stolz sein kann, sie zu kennen. Ob persönliche Dinge unter solchen Umständen überhaupt eine Rolle spielen dürfen. Im Namen des großen Ganzen. Ob wichtige Leute eher recht haben als unwichtige Leute. Ob also er, Lenni, sich mal wieder vertan hat.

Der Hype übertrifft alles, was er je erlebt hat. Selbst *Murx den Europäer!*, so kommt es ihm vor, ist dagegen Kinderkram gewesen. In den folgenden Wochen liest er unzählige ähnlich lautende Hymnen. Er sieht zahllose unglaublich tolle Fotos, alle von Eddas Lieblingsmensch. Jeder will nach Mielno fahren, selbst Leute, die, soviel er weiß, nie etwas mit Theater, geschweige denn mit experimentellem Theater, zu tun gehabt haben. Sogar ein Boulevardblatt macht einen Trip nach Mielno und verlost anschließend Karten, er wundert sich, dass Edda so etwas zulässt.

Sitzen sie abends im Speisekombinat zusammen, kommt das Gespräch unter Garantie auf die *Bananen*. Zu seinem Erstaunen ergattert auch Jasper Karten, kommt ihr mit, du und Lea, ich lade euch ein. Keine zehn Pferde, sagt er und schüttelt den Kopf, irgendwie enttäuscht.

Holy Shit, sagt Jasper, als er zurückkommt, alles habe er erwartet, aber so was nicht. Selbst er habe sich dem nicht entziehen können, und irgendwann habe er das auch gar nicht mehr gewollt.

Einzig auf einem Theaterblog findet er nach einigem Suchen eine Besprechung, die sich kritisch mit Eddas genialer Menschenfischerei befasst. Es könne doch nicht sein, schreibt der Rezensent, dass unter dem Deckmantel obskurer Genialität die Entstehungsbedingungen einer Produktion vollkommen ausgeblendet würden, das wäre ja ein Freibrief für diese oft genug beklagten neufeudalistischen Zustände in der Theaterszene. Ein Schlag ins Gesicht aller, die sich für Empowerment einsetzten. Ja, er sei der Meinung, auch eine Frau müsse sich Fragen nach Machtmissbrauch gefallen lassen. Zum Schluss verweist der Autor noch auf diese Schauspielerin, Katerina Jeschek, deren genaue Todesumstände nie wirklich geklärt worden seien.

Daraufhin entbrennt in der Kommentarspalte ein Shitstorm sondergleichen. Über tausend Kommentare laufen auf, wie ein Süchtiger liest er jeden Abend die neuesten Einträge. Er folgt einem Link zu Twitter, *#Pratticon*. Dann folgt er einem Link und stößt auf den Hashtag *#Prattgate*, auf dem sich die Gegner versammeln. Hoffentlich, denkt er, bekommt Lea das nicht mit.

An der Schule, berichtet Lea, habe sich eine Fangruppe gebildet, nur auf Empfehlung dürfe man beitreten, schon wegen Ryan Onos Musik wollten viele nach Mielno fahren. Die Pratt würde verehrt wie Tschieses, erzählte sie, endlich mal eine wirklich relevante Frau in diesem Fach. Auch in den Zeitungen, hat er registriert, wird Edda jetzt nur noch *Die Pratt* genannt. Krümelig sitzt Lea auf dem Sofa neben ihm, die Arme um die Knie geschlungen, vor sich auf dem Couchtisch eine Tasse Kakao. Und, fragt sie, machen wir was, können wir was machen?

Er zuckt die Schultern.

Hast du übrigens schon diesen gegenseitigen Shitstorm auf Twitter gesehen, sagt sie, irre, was da abgeht. Hab ich, sagt er, und das findest du irre? Sie ist ein Teenager, sie ist leicht entflammbar, sie braucht andere, sie kann sich nicht einfach abseitsstellen. Er erinnert sich an ihre Verzweiflung damals, als sie weniger Freunde auf Facebook hatte als Peggy.

Was genau findest du irre?, fragt er.

Papa, kichert sie, du bist wirklich von gestern. Ohne ordentlichen Shitstorm nimmt dich doch heute keiner mehr ernst. Würde mich nicht wundern, hätte Edda selber oder jemand von ihren Followern all das angezettelt, vielleicht sogar Mama. Beide Seiten, meinst du, auch die Gegnerseite? Ja klar, sie verdreht die Augen ob seiner Ahnungslosigkeit, ja sorry, lacht er.

Und alles, sagt sie, hat ja dann noch diesen weiteren Spin bekommen. Er schüttelt den Kopf. Einen Spin.

Welchen Spin? Jemand hat die Frage gepostet, ob Edda vielleicht gar keine Frau, sondern ein Mann sei. Ob sie sich mit falschen Federn schmücke. Ob sie diese Aufmerksamkeit auch bekommen würde, wenn sie ein Mann wäre. Und dann, lacht sie, du kannst es dir gar nicht vorstellen, ging es so richtig ab, die Teams lösten sich auf, die Trans-Community kam dazu, jeder gegen jeden. Ich sag dir.

Da sitzen sie in ihrem städtischen Wohnzimmer. Unten im Park schleicht der Herbst um die Bäume. Es ist kühl geworden, die Menschenmassen bleiben aus, nur vereinzelt noch grillen ein, zwei Familien, in Decken eingemummelt.

Er hat die Beine auf den Couchtisch gelegt. Trainingshose, dicke Socken. Als ob sie sich an dem jetzt kalten Kakao wärmen könnte, hält Lea die Tasse mit beiden Händen. Ihre Wangen sind gerötet. Wie gehst du eigentlich damit um, fragt er, wenn alles in eurer Internetwelt unecht ist, wenn nicht mal ein Shitstorm ein Shitstorm ist, sondern nur Strategie und weißnichtwas. Habs ausgemacht, sagt sie. Will davon nichts mehr hören und sehen.

Ist das seine Tochter?

Kann ein knapp sechzehnjähriges Mädchen eine solche Einsicht wirklich haben. Lange hat er niemandem mehr getraut. Es ist ihm zur Gewohnheit geworden, allen zu misstrauen, offenbar auch Lea und sich selber. Etwas, merkt er, verändert sich gerade, hat sich verändert. Was ist geschehen? Nichts. Nicht viel. Sie schweigen. Auf eine geheimnisvoll beiläufige Weise traut er ihr wieder, er spürt den Druck ihres Körpers an seiner Seite, die Wärme. Sie ist real. Sie ist da. Er weiß, sie wird gehen, irgendwann. Sie wird tun, was sie für richtig hält.

Die Akademie der Künste kündigt einen Paneltalk an: »Grenzenlose Kunst?« Obwohl eigentlich Die Pratt eingeladen ist, soll Ines als Eddas Assistentin teilnehmen; sie wolle nicht, sagt Die Pratt in einem der jetzt inflationär erscheinenden Interviews oder Porträts, dass ein Hype um ihre Person entstehe, das würde ihre Arbeit konterkarieren, ohnehin sei immer nur von ihr die Rede, sie seien aber ein Kollektiv, *arbeite & warte*. Ein Foto zeigt sie halb von der Seite, zum Teufel, denkt er, die Psoriasis zieht sich rot und schorfig vom Hals aus über Wange, Stirn und Nase, grotesk entstellt wirkt ihr Gesicht und zugleich hell und mächtig. Warum bloß, fragt er sich, hat sie sich nicht von der anderen Seite fotografieren lassen. Kein Hype um ihre Person, lacht Lea bitter, auf nichts anderes hat sie doch die ganze Zeit hingearbeitet, die hat sie doch nicht mehr alle. Willst du hingehen?, fragt er Lea. Sie schüttelt den Kopf.

Er hört Ines in seinem Kopf rumoren, und er hört sie reden. Ein halbes Leben, bla, bla. Gehorsam ist sie Ärztin geworden, hat ein Kind bekommen, hat am Ende ihre Familie verlassen, gehorsam hat sie sich selbst verwirklicht. Sie ist nichts als eine Hülle, nun zufällig gefüllt mit Edda. Die aber auch zufällig mit jemand anderem gefüllt sein könnte.

Und er, ist er denn besser?

Wie oft hat er betont, wie sehr er sie bewundere für

ihre Entschiedenheit, ihre Effizienz, ihre Vernunft, für ihr klares Urteil, dafür, dass sie wisse, was sie wolle und was sie tue. Wie oft hätte er sich davon gern eine Scheibe abgeschnitten. In seiner Rolle als progressiver Mann hat er sich gefallen, er mochte es, wenn sie ihm ihre Unabhängigkeit an kleinen, nebensächlichen Dingen bewies, jedes einzelne Mal. An Dingen, an denen kein Leben hing. Nein, ich will die Fassade blau gestrichen haben. Das ist unser Haus. Wir fahren dies Jahr nicht in den Süden, sondern in den Norden. Nichts als Behauptungen rebellischer Unangepasstheit.

In schönstem *vorauseilendem* Gehorsam, so wird ihm mit einem Mal klarer, als er es ertragen kann, haben wir unsere Identitäten gegenseitig angepasst. Und einmal erkannt, erkennt er auch die Idee dahinter: Eine willensstarke, selbstbestimmt lebende Frau, die auch das Muttersein mal hat ausprobieren wollen. Ein supertoleranter moderner Mann an ihrer Seite. Ein Traumpaar. Und alles hat derart echt ausgesehen. Originell, individuell und eigenständig und frei. Dabei, denkt er, haben wir es bloß gemacht, wie man es heute macht. So, wie unsere Eltern es machten, wie man es damals machte. Konformitäten sind halt Konformitäten, auch wenn es fortschrittliche Konformitäten sind. Berechenbar bis in den hinterletzten Winkel.

Und Die Pratt.

Die verfluchte Pratt weiß genau, wie gewissenhaft der Mensch Gewissheiten sucht. Wie sehr er sie braucht, und vor allem: wie selten er sie in sich selber findet. Sie weiß, wie enthusiastisch ein Mensch am Ende wollen kann, was er nie gewollt hat.

Bullshit, den alle glauben.

Er muss lachen, Tränen lachen, Tränen. Und dann: ist er nicht mehr traurig oder wütend, merkt er. Das Gefühl, das jede Zelle seines Körpers nun besetzt, ist viel mehr und zugleich viel weniger als Wut, es ist ein graues, dumpfes, zähes Nichts.

Die Tage nach dem Podiumsgespräch bringen alle Feuilletons Artikel, die Ines' Auftritt thematisieren, die Ines mit Der Pratt vergleichen, in Theaterblogs, auf Social Media, in Kommentarspalten wird ihre schwache Performance diskutiert, Kübel von Dreck werden über sie ausgekippt, und er, er kann es nicht lassen, die Schmähungen nicht nur zu lesen, sondern nach ihnen zu suchen. Jedes einzelne Wort tut ihm gut. Er überlässt sich diesem zutiefst befriedigenden Gefühl der Schadenfreude. Er ist nicht stolz darauf. Aber er wehrt sich auch nicht dagegen.

Irgendwann ebbt die Aufregung ab. Er hört auf zu suchen, und allmählich verliert er Ines aus den Augen – bis Jasper kurz vor den Sommerferien fragt, ob sie zurückgekommen sei. Die Pratt, habe er gelesen, habe eine neue persönliche Assistentin. Eine Frau, die vorher Dramaturgin an einem wichtigen Haus in Hamburg war. Er, mitten im Kampf mit einer neuen Software und nicht besonders guter Laune, brummelt. Jasper lehnt am Fenstersims, den Kittel offen, er trägt ein babygelbes Hemd, mit kleinen Hampelmännern bedruckt. Ines würde, ist Lenni überzeugt, auf den Füßen landen. Problemlos würde sie in irgendeiner anderen Produktion unterkommen, mit der Referenz und Erfahrung, die sie inzwischen ja hat. Nein, sagt er. Langsam beginnt er den Kopf zu schütteln. Hin und her, hin und her. Nein, sie ist nicht zurück. Und selbst wenn sie Hilfe bräuchte, wird ihm in diesem Moment klar, will er nicht mehr, dass sie zurückkommt. Er hat einen Schlussstrich gezogen.

Am ersten Tag der Sommerferien stehen sie frühmorgens im verspäteten, überfüllten TXL-Bus und fahren durch die überfüllten Straßen des Wedding. Aufgeregt wie ein Kind steht er neben seiner Tochter. Ihr scheint die Enge nichts auszumachen, überhaupt gibt sie sich die ganze Zeit schon so cool, als würde sie jede Woche zu einem Langstreckenflug aufbrechen. Bist du nicht auch ein bisschen aufgeregt, fragt er, doch, lacht sie, merkst du das nicht?

Lange hat er sich nicht mehr so sehr auf etwas gefreut. Auf diese Reise mit Lea. Und darauf, endlich dieses Land kennenzulernen, das ihm durch Pablos Briefe und Mails schon eigenartig vertraut vorkommt.

Sag mal, sagt er, als sie über dem offenen Atlantik sind und unten nichts weiter als Wattewolken, Wellen und gelegentlich ein Frachter zu sehen ist, bist du eigentlich glücklich an der Schule, ist es das, was du machen willst? Die Wasser, zehntausend Meter unter ihnen, kommen ihm vor wie eine lebendige Haut, warum fragst du?, fragt sie. Ich weiß nicht, sagt er. In seinem Körper spürt er das tiefe Brummen der Triebwerke, nichts deutet auf Unregelmäßigkeiten. Jemand anderes, sagt sie leise, spielt den Solopart am Herbstkonzert. Ganz fies, ich habe es nicht direkt erfahren, sondern über unsere Whatsapp-Gruppe. Nicht dein Ernst, sagt er alarmiert, so sehr hat sie sich doch gefreut und vorbereitet, und du hast mir nichts gesagt? Bist du denn schlechter geworden, hast du nicht genug geübt? Sie zuckt die Schultern. Das Essen wird serviert, vegetarisch oder fleischig, fragt mit französischem Akzent der Flugbegleiter. Erst dachte ich, sagt sie, dass es mir nichts ausmacht, aber es macht mir definitiv was aus, darüber habe ich eben nachgedacht, und in dem Augenblick fragst du mich, kannst du Gedanken lesen?

Kann ich, lacht er.

Ich glaube, sagt sie, ich bin nicht schlechter geworden, aber wissen kann man das natürlich nicht. Ich meine, so richtig wissen, so schwarzaufweißwissen, so eindeutig wissen – wie ein Ball, der ins Tor fliegt, oder eine Rechnung, die aufgeht. Manchmal, sagt sie, habe ich ein solches Bedürfnis, mal etwas richtig zu wissen. Ich bin vielleicht in Zukunft Musikerin, und das ist das Schönste, was ich mir überhaupt vorstellen kann. Aber ich werde vielleicht immer von Leuten abhängig sein, die mich auswählen. Die mir Soloparts geben oder keine Soloparts geben. Und ich werde nie wissen, ob es an meinem Spiel oder ob es am Liebesleben der Intendantin liegt, die vielleicht gerade von ihrem Mann für eine fünfundzwanzig Jahre jüngere blonde Musikerin verlassen wurde und die nun alle blonden Musikerinnen hasst. Er muss lachen. Das ist nicht witzig, sagt sie lachend. Der Lesespot von oben trifft genau ihr rechtes Auge, es ist beleuchtet, als ob jemand gleich eine Operation daran vornehmen wollte. Sie blinzelt und schließt dann beide Augen.

In der zweiten Kuba-Woche beginnen Leas Albträume. Erst sei es ein guter Traum gewesen, erzählt sie, über die Stadt sei sie geflogen, übers Land, sie habe gejuchzt und geschrien vor Freude, aber dann, dann habe sie sich auf einmal verfangen in diesen Drähten, die eigentlich Saiten seien, Cellosaiten, abgefahrene Symbolik, lacht sie, nicht wahr? Vielleicht, denkt er, hat es nichts zu bedeuten. Vielleicht hat es einfach nur mit diesen Drähten zu tun, die auf Kuba allgegenwärtig sind. Wäscheleinen, Stromleitungen, Telefondrähte, kreuz und quer. Sieht man ins Blau des Himmels, sieht man durch ein chaotisches Muster schwarzer Striche.

Letzte Flocken wirbeln vom allmählich heller werdenden Himmel, in rosafarbenes Licht getaucht erwacht der Tag vor dem Fenster. Alle Zentrifugen stehen auf null. Als hätten sie nie etwas anderes getan als auf null zu stehen. Erst hatte er ja noch gedacht, sie würden gelegentlich Wochenenden oder Ferien in ihrem Haus am Hang verbringen, aber bisher haben weder Lea noch er Lust dazu gehabt. Alle paar Wochen fährt er hinaus, um nach dem Rechten zu sehen. Das letzte Mal, ja, da hat der Mantel noch an der Garderobe gehangen; im durch die geöffnete Tür fallenden Abendlicht wirkte das Blau viel tiefer, als es tatsächlich war. Er zog die Tür zu und war froh, in sein Auto steigen zu können, um in die Stadt zurückzufahren.

Die Fensterscheiben auf der anderen Seite des Innenhofes reflektieren das intensiver werdende Licht, blinde Flecke da und dort, wo Storen heruntergelassen sind. Alle blinkenden, tickenden Lämpchen sind verschwunden. Er beobachtet, wie das Licht an Intensität zunimmt, von Rosa zu Pink, zu Lila wechselt, blutrot wird und allmählich verblasst, um in den hellen Tag überzugehen. Durch den Himmel zieht ein Flugzeug. Er streckt den Finger aus und begleitet das Flugzeug quer über die Scheibe, bis es hinter dem Rahmen verschwindet. Auf allen Simsen liegt Schnee.

Die Zeitungsseite mit dem Foto von Ines' Mantel liegt auf dem Boden. Er hebt sie auf, streicht sie glatt. Dort, wo ein Kopf sein sollte, der ölige Fleck. Und plötzlich fehlt ihm die Erinnerung an Ines' Gesicht. Nur noch Teile, Striche, Flächen. Das Muttermal, die Linie ihres schmalen Kinns sieht er doppelt, die Nase zu prominent, die Augen eng stehend. Der Mund ist sehr rot, unscharf, die Enden nach unten auslaufend. Was er sieht, ist nicht Ines. Da hört er die schwere Tür zufallen, du noch hier, ruft Jasper gleich darauf, hast du kein Zuhause? Er streckt sich. Doch, sagt er, ich werd dann mal. Er geht hinüber in den Umkleidebereich. Er zieht sich den Kittel aus, hängt ihn in den Spind, greift nach den Schuhen, setzt sich hin. Lenni! Jasper steht in der Tür, in der erhobenen Hand die Glaskolben, die längst im Kühlschrank stehen sollten.

Vergessen, sagt er, sorry.

Er sieht auf den mickrigen Herrn Bloom. Auf den kahlen Schädel, die abstehenden Ohren, das lächerlich rosarote Hemd unter dem Kittel, er starrt ihn an, die Ärmel sind dreimal umgeschlagen, logisch, in welche Konfektionsware sollten seine extrakurzen Arme schon passen? Er sieht ihn den Mund auf- und zuklappen. Beinahe hätte er gelacht, ihn ausgelacht, gerade so kann er sich noch beherrschen.

Es ist das fünfte oder sechste Mal, dass er in der letzten Zeit einen Fehler macht. Fehler, die ihm nicht passieren dürften. Ich lasse mir von dir nicht mein Projekt gefährden, sagt Jasper so ruhig, wie es seine Art ist. Vernünftig, ausgewogen, ohne die geringste Spur von Wut in der Stimme, lösungsorientiert. Selbst ein Mensch wie Jasper hat sich von einem Menschen wie Edda überzeugen lassen. Jaa, sagt Lenni, ich weiß. Möglicherweise hat er sich auch hier vertan, und sie beide sind von Anfang an statt Freunde Konkurrenten gewesen. Von einem wie dir lasse ich mir mein Projekt, meinen Erfolg, meinen Ruhm nicht kaputt machen. *Von einem wie dir.* Da muss was dran sein. Lenni sitzt auf der Bank und zieht sich die Schuhe an, die Straßenschuhe, die Schnürsenkel haben sich verknotet. Lenni, wir sollten reden. Reden.

Plötzlich hat er ein überwältigendes Bedürfnis, sich anzulehnen. Ein angenehmes Gefühl von Willenlosigkeit und Folgsamkeit. Die Hand in jemandes größere Hand legen und einfach mitgehen. Er sieht sich um. Jaspers Spind, an dessen Tür eine Fotografie von diesem Rüdiger Brinkhaus hängt. Sorgfältig ausgeschnitten, sorgfältig auf den grau lackierten Stahl geklebt. Ziemlich gemein und rücksichtslos von Jasper. Es zeigt doch, dass er ihn nie ernst genommen hat. Oder? Er muss Jasper fragen, ob er die Fotografie abnehmen kann. Heute Abend muss er ihn fragen. Heute Abend muss er endlich klar Schiff machen. Nicht jetzt.

Das grüne Waschbecken rechter Hand neben den Spinden, der Desinfektionsspender, der Spiegel, der aus seinem Blickwinkel nur eine gelb geflieste Ecke zeigt. Die Tür zum Praxisraum, das gefrostete Glas im oberen Drittel, die Tür zur Evidenz. Nächste Woche wird er dort drin den Prozentsatz der Patienten erfahren, denen der Glaube geholfen hat. Deren Pruritus unter der Heilserwartung einer bitteren roten Pille signifikant nachgelassen hat. Und: Je detaillierter die Anweisungen zur Einnahme, Zeit, vor oder nach dem Essen, ein Glas Wasser oder zwei etc., desto größer der Erfolg, das weiß er aus den zwei vorausgegangenen Reihen. Etwa ein Viertel wird auch in dieser Kohorte unter dem Nocebo-Effekt leiden, einer klinisch relevanten vermeintlichen Nebenwirkung, wird also einer negativen Erwartungshaltung zum Opfer gefallen sein, erfahrungsgemäß alles Frauen. Aber der Rest wird ihm freudestrahlend die inzwischen fast vollständig abgeheilte Haut präsentieren. Jasper, sagt er und lehnt sich gegen den Spind. Du hast recht, lass uns heute Abend reden.

Während er den Campus verlässt, wählt er Ines' ungültige Nummer. Er bleibt stehen. Als könnte er unmöglich gleichzeitig gehen, wählen und warten. Er lehnt sich an ein Stoppschild, Schnee pudert ihm in den Nacken, ein Fahrrad ohne Räder liegt im Straßengraben, er stößt mit dem Fuß gegen das hintere Schutzblech, es klappert.

Eine dünne, blau-weiß gestreifte Plastiktüte weht über die Fahrbahn, hochgewirbelt, gebläht, verformt, zusammengesackt, verfängt sie sich im Geäst eines Baumes.

Diese Rufnummer ist uns nicht bekannt, sagt eine Computerstimme, die ihm seltsam vertraut vorkommt. Erst jetzt merkt er, dass er das Stoppschild umklammert hält, den kalten Stahl. Er lässt los, blindlings setzt er sich in Bewegung, mechanisch, Fuß vor Fuß, keine Kälte spürt er, keinen Lärm hört er, nicht den blank polierten Himmel sieht er, und hätte nicht Leas »Papa?« ihn daran erinnert, wo er zu Hause ist, wäre er einfach weitergegangen.

Papaa?, sagt Lea und fährt mit der flachen Hand vor seinen Augen auf und ab, halloo? Wie zu jemandem, der seine Sinne nicht ganz beisammenhat. Ach ja, sagt er, ach ja. Was ist los?, fragt sie. Nichts, sagt er, es tut mir leid, hat nun doch etwas länger gedauert. Er nuschelt. Er versucht sich hinter dem Kragen seiner Jacke zu verstecken. Das habe ich gemerkt, lacht sie, geh schlafen, du siehst voll furchtbar aus.

Er blickt ihr nach, wie sie die Straße überquert mit dem Cellokoffer am Rücken, zuckt zusammen, als sie auf dem Schnee kurz ausrutscht. Ein Cello mit Beinen, hin- und herwackelnd, unten, an der Ecke zur Brunnenstraße, trifft es auf ein anderes Cello mit Beinen, ein olivgrünes. Für einen kurzen Moment sieht er zwei Puzzleteile und ist sich nicht sicher, ob das eine Puzzleteil die Hand des anderen nimmt. Er dreht sich um und geht, statt hinauf in die Wohnung, in die Tiefgarage zum Wagen. Nur mit Mühe kann er die Augen offen halten.

Erst als er die halb vereiste Ringautobahn und die hundertfünfzig Ampeln von der Autobahn durch Eggersdorf bis Strausberg schon hinter sich hat, fällt ihm wieder ein, wohin er unterwegs ist. Kaufland. Aral-Tankstelle. Die lange Gerade bis zum Wald, die Höhe dahinter, die Stelle, diese Stelle, die schöne Aussicht. Verflucht schöne Aussicht über das harmlos und höflich gewellte weite Land, das sich ostwärts bis zum Oderbruch zieht. Bollersdorfer Kreisel. Die Kirche, die schmale, kaputte Straße zu ihrem Haus, der Schnee hat sie weiß und heil gemacht. Er stellt das Auto draußen ab. Tief schlafend liegt das Haus vor ihm am Hang, alle Fensterläden geschlossen, die Fassade verwittert, umrankt von den winterlich kahlen Trieben der Glyzinie. Als wäre keine Zeit vergangen zwischen damals und heute. Als wäre nichts geschehen. Als warte dieses Haus noch immer darauf, entdeckt zu werden. Oder als wären dreihundert Jahre vergangen, seit sie das Haus verlassen haben. Er steigt über das Tor. Stapft durch den knietiefen Schnee zur Tür. Der Schlüssel steckt von außen, die Tür ist nur angelehnt, er stößt sie auf. Ines, ruft er ins Haus, Ines? Bist du da? Muffig riecht es und feucht. An der Garderobe hängt nur Leas knallgelber Friesennerz.

Sie geht. Über freies Feld. Über tief verschneites Feld. Wie im Zeitraffer sieht sie Wolken wachsen, bersten, neue wachsen. Weder die Spur eines Tieres noch die eines Menschen zerteilt die schimmernde Fläche. Sie weiß nicht, wo sie ist. Da könnte sie sein oder dort. Nichts sieht sie ganz. Nur den Rand eines Waldes, das

Ufer eines Sees, den Wipfel einer Tanne, den Schnabel eines Vogels, Federn verstreut im Schnee, drei Blutstropfen. Quer fegt der Schnee jetzt in böigen Schauern. Niemand sieht ihre Gestalt wandern über das Feld, ungeheuer allein, blauer Punkt im Weiß des Winters, zahllose Male die Richtung wechselnd. Sucht sie ein Licht, etwas, woran sie sich orientieren kann? Müde, hungrig, entschlossen, sich zu verirren. Sie wird kleiner und kleiner. Verschwindet. Der Abend fällt.

Foto: Ayse Yavas

Ursula Fricker, 1965 in Schaffhausen geboren, hat bisher fünf Romane veröffentlicht, u.a. ihr viel beachtetes Debüt *Fliehende Wasser* (2004), *Außer sich* (2012), nominiert für den Schweizer Buchpreis, und *Gesund genug* (2022). Die in der Märkischen Schweiz bei Berlin lebende Autorin wurde vielfach ausgezeichnet, zuletzt im Herbst 2022 mit dem Georg Fischer Kulturpreis der Stadt Schaffhausen. Für *Fangspiele* erhielt sie einen Werkbeitrag der Schweizer Kulturstiftung Pro Helvetia und den Brandenburgischen Kunst-Förderpreis für Literatur.

Atlantis Literatur

Leta Semadeni *Amur, großer Fluss*
Rebecca Gisler *Vom Onkel*
Martin R. Dean *Ein Stück Himmel*
Max Frisch *Blätter aus dem Brotsack*
Fritz Meyer *Ich unter anderem*
Fabienne Maris *Hitzewelle*
Ursula Fricker *Gesund genug*
Cesare Pavese, Bianca Garufi *Großes Feuer*
Leta Semadeni *Ich bin doch auch ein Tier*
Blaise Cendrars *Gold*
Monika Neun *Und dann verschwinden*
Marie-Hélène Lafon *Joseph*
Hansjörg Schertenleib *Im Schilf*
Martin R. Dean *Meine Väter*
Angelika Waldis *Berghau*
Cécile Ines Loos *Hinter dem Mond*
Michael Stauffer *Glückspilzbank*
Mario Casella *Der Wanderfotograf*
Fanny Desarzens *Berghütte*
Otto F. Walter *Der Stumme*
Alice Schmid *Die hängende Säge*
Ursula Fricker *Fangspiele*
Marie-Hélène Lafon *Die Quellen*
Blaise Hofmann *Die Kuh im Dorf lassen*